U0153754

詩情畫意說漢字

漢字，是世界上最美麗、最多情、最豪邁的

35個漢字搭配35幅典雅文人畫，

陪你談文學、說經典、聊心事！

楊振良——著

五南圖書出版公司 印行

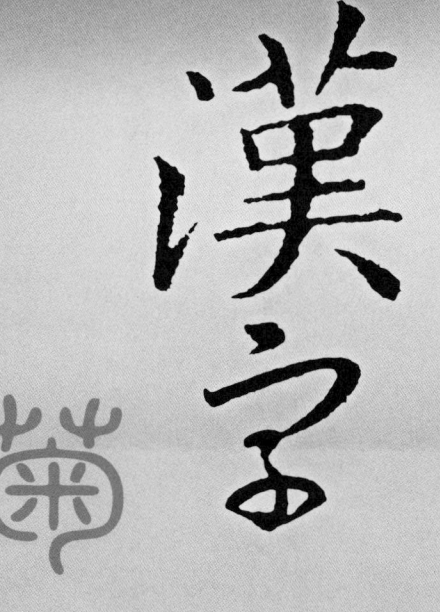

博雅文庫 056

詩情畫意說漢字

作　　者　楊振良(314.7)
發 行 人　楊榮川
總 編 輯　王翠華
主　　編　黃文瓊
封面設計　童安安
封面內文繪圖　吳佳臻
出 版 者　五南圖書出版股份有限公司
地　　址　106台北市大安區和平東路二段339號4樓
電　　話　(02)2705-5066
傳　　真　(02)2706-6100
劃撥帳號　01068953
戶　　名　五南圖書出版股份有限公司
網　　址　http://www.wunan.com.tw
電子郵件　wunan@wunan.com.tw
法律顧問　林勝安律師事務所　林勝安律師
出版日期　2014年9月初版一刷
定　　價　新臺幣350元

國家圖書館出版品預行編目(CIP)資料

詩情畫意說漢字 / 楊振良著. -- 初版. --
臺北市：五南, 2014.09
面；　公分. -- (博雅文庫；056)
ISBN 978-957-11-7738-0 (平裝)

1.漢字　2.通俗作品

802.2　　103014523

作者簡介

楊振良

廣東平遠人，一九五六年生，國立臺灣師大國文研究所博士，前花蓮師範學院教授，民間文學研究所所長。二十餘年從事兩岸文教交流，開風氣之先，數度策畫大陸崑曲名家來臺巡演傳習，主辦大型民俗民間文學會議，引進社戲、儺戲、目連戲、薩滿及民間文學學科理論，編纂叢書，爲國內民俗戲曲開創視野。近年與蔡孟珍教授積極在大陸各大學、劇團合作振興崑曲活動，力圖建立曲學書卷傳統，同時並於東吳大學講授「中國啓蒙教材」及主持「說唱戲曲表演藝術」講座課程，所撰百萬字崑曲、民間文學專業論文，頗爲學界重視。

自序

我的學術專長一路走來都是研究民俗戲曲，民國七十四年六月《國文天地》創刊，我卻應邀撰寫自己並不熟悉的專欄，其中，促成的因素是兩次意想不到的因緣。

第一次因緣，是《國文天地》創刊伊始，我曾建議主編讓我寫其他的範疇較妥，畢竟中文圈眞正研究文字學的高手如雲，尤其刊物又直接面對國文教學界，可是主編篤定回答我：「文字學家寫的太深，專欄性質就是不要文字學家看中國文字！」，就這樣，

我寫了生平第一篇「文字學」，就此開始連續兩年每個月被催稿的日子。

第二次因緣，民國七十六年某日，叢書主編打電話找我，表示專欄很受讀者喜愛，有可能集結成書嗎？如果可以，老師是否願意在秋天把目前只有二十篇的已刊稿增至三十五篇？正巧此時，我任教於銘傳商專，大傳科兼任老師劉小梅是中國廣播公司編審，某次在學校交通車上，她熱情地詢問我是否可在電台做節目？因爲她在我任教的班級講義中讀到不少文章，覺得極適合口語傳播，我答應了。很快，每週一次上節目就讓我完成了所有的廣播稿，之後逐一修改，成爲《有趣的中國字》這本書最早的定稿。前後十五年間在「萬卷樓」改過一次版，印了二十餘刷，

一直是中學老師很支持的一本語文教學讀物。

民國九十一年，「萬卷樓」出版方向調整，問津堂書局有意轉移版權承印，於是將彩色的底稿印出美輪美奐的書畫意境，向星、港、大陸推展，大受歡迎，不久大陸幾家大型國營出版商就表示了出版意願，幾經考慮，終於和北京大學合作簡體字版，納入該社「幽雅閱讀叢書」首冊，並且用另一個幽雅的書名《水遠山長》，與同系列另十一本書，從二〇〇五年起開始面對大陸讀者。期間，大陸讀者對這套叢書的反應是令人振奮的，叢書在網站上高價出售，也被愛書人譽爲「享受精神慰藉獲得靈魂昇華的高雅之作」。

這本書原就適合教學界，早在二十年前，不少國文老師就推薦給學生作爲課外讀物，我記得有位女中老師曾告訴編輯，每逢開學前夕，她總會再次披覽，好讓自己浮囂的心情漸次沉澱，並從書中取得勃發的教學靈感。此次，長期關注文化、教育的五南圖書出版公司，別具隻眼選上這本書，爲它取了一個浪漫的書名——《詩情畫意說漢字》，又設計了六個適合教學的單元，爲這本書添上充實國學、強化作文的外衣，期待能爲廣大的莘莘學子服務。

平心而論，這是一本三十年前寫的書稿，當時的我只有二十九歲，如今，我已年近耳順。校對這本昔日舊稿，想著自己從而立、不惑、知命一路走來，也瞭解任何一種創作有幾種層面：有時是看見一件感動

的事，思考如何記錄下來；有時是將心中的想像組織出一個畫面；有時是看見世界開始脫序而試圖扭轉，藉著作品向大眾喊話！然而三十年當中，爲了更適應人生每一個階段，或是站在教導他人的位置上，人不可能不調整自己的處世態度，也不可能不修正原有的觀念做法，以符合自己應盡的社會責任，但對於文化，究竟一個人一生的抉擇與最終的執著該是甚麼？而這本書還能被讀者接受的原因又是甚麼？

我想，是因爲我選擇了屬於中國人的傳統對話方式；述而不作，一種沒有被西方思維改變的文化心靈；一種牽動人心的大本大源；也是一種始終潛藏在我們這個民族血液中的基因，不需要添加太多現代元素，中國人一向對晚輩、對人群的態度就是「多栽桃

李，少種荊棘」，不矜奇立異，而是平易近人，用本質的東西去與人交流，必定可長可久。

這本書寫於年輕歲月，如今校讀，我的體悟猶如美國詩人山繆烏爾曼的《青春詩》：「青春不是人生的一段時光，而是心情的一種狀況，有著鮮明的情感，豐富的想像，向上的願望，像泉水一般清澈爽朗。」我始終相信，只要長期浸潤中華文化，我們的心境必能常保青春。

楊振良　民國一〇三年七月　序於新店度曲樓

目錄

橫看成嶺側成峰——說山

「仁者樂山，智者樂水。」是句耳熟能詳的俗語。古人之可如此事理交融，或許是感觸於水之流動清澄，一如人生智慧之必須時時常保清新，而山的穩重落實則呈示了人格操守的堅定不移。

遊山玩水中的體悟，往往就是一個人對生命的表示。宋仁宗元豐五年十月裡的一個夜晚，在赤壁泛舟遨遊的東坡，寫下了「山高月小，水落石出」的佳句，江流有聲，斷岸千尺，也使我們驀然發現，原來他對這眼前空間的知覺感受，竟如此飄逸平淡。

與他同時的王荊公則不然。荊公將天下山水區別二類：一是「夷以近」，一則「險以遠」，於〈遊褒禪山記〉一文

漢字的智慧

看山可使人心胸豁達，也往往使人情寄其中，不同的山，在瞬息萬變的陰陽造化裡，也呈現不同的風格，或瑰奇、或奔放，萬千的氣象將爲心靈造成不一的震撼與融合。

中嘗云：「世之奇偉瑰怪非常之觀，常在於險遠，而人之所罕至焉，故非有志者不能至也。」貶謫之人與變法人物以心接物的趣味氣概，截然兩橛！雖然，東坡未嘗不欣賞荊公內心的丘壑，然而他觸景皆春、物我相化的意境，和荊公相比，也僅是遺世人物罷了。

山在中國文學作品當中，是一個極爲普遍的素材，看山可使人心胸豁達，也往往使人情寄其中，不同的山，在瞬息萬變的陰陽造化裡，也呈現不同的風格，或瑰奇、或奔放，萬千的氣象將爲心靈造成不一的震撼與融合，而詩人便也從其中蛻化一種藝術性格，開鑿出自己對人間世相的感發探尋。湖北襄陽古隆中，諸葛亮故居寓處有一副對聯，其上

漢字與成語

- 山光水色：泛指山水景色。
- 山包海容：形容心胸寬大，器識宏遠。
- 山肴野蔌：指野味和野菜。
- 山雨欲來風滿樓：比喻重大事情發生前的緊張氛圍或先兆。

聯云：「滄海日，赤城霞，峨嵋雪，巫峽雲，洞庭月，彭蠡煙，瀟湘雨，廣陵濤，廬山瀑布，是宇宙奇觀。」成爲人類在追求榮華富貴之後一種必要的尋索，由是，崇山峻嶺便成爲捕捉靈光意趣不可或缺的途徑，而許多知識份子就憑藉於此，表現他們無止無盡的精神追尋。

因此，蘭亭修褉的崇山峻嶺，足以暢敘幽情；淵明的南山則純屬自我。王摩詰可由寂寂空山烘托幽靜；柳宗元則使千山之下的漁翁卓立千載。「古木無人徑，深山何處鐘。」將我們帶入一個荒涼的古老世界，而「兩山排闥送青來。」頓時又給予我們鮮明悅目的色彩感受。一年四季，山更呈現形態，有其四時之色，所謂「春山豔冶而如笑，

詩詞品漢字

- 我見青山多嫵媚，料青山見我應如是。
  ／宋朝・辛棄疾〈賀新郎〉
- 橫看成嶺側成峰，遠近高低各不同，不識廬山眞面目，只緣身在此山中。
  ／宋朝・蘇軾〈題西林寺壁〉

夏山蒼翠而如滴，秋山明淨而如洗，冬山慘淡而如睡。」無不可愛。

「我見青山多嫵媚，料青山見我應如是。」，這是辛棄疾陶醉於水聲山色的句子，也看出這位民族詩人棲棲遑遑的一生之中偶有寬心懷想的吉光片羽。或有人從孤崛的奇峰領略人生挺拔勇往的意義：「青山尚且直如弦，人生孤立何傷焉？」袁枚可由山形奇崛反映一己對人生的心情。原來，許多成功的人，當他們活著的時候超越凡俗，而死後也終能在歷史上閃耀著光芒，其原因就在於他們曾是人間眞正的佼佼者！

「橫看成嶺側成峰，遠近高低各不同，不識廬山眞面目，只緣身在此山中。」如果，你曾與山

穿越時空看漢字

山是象形字

甲骨文　金文　戰國文字　小篆

爲伍，山居一日，會給你一種出塵之想。不執著、也不凝滯。中國山水中最美允屬黃山，沒有一個成功的畫家是捨黃山而傳千古的，也沒有任何不曾上過黃山的人可以成爲畫家！如果，誤解中國的山水畫只是憑空捏造，那正是由於他不明瞭中國畫家體現自然的精神：獅子峰、鯽魚背、蓮花峰、仙女彈琴、丞相觀棋……千姿百態的黃山，鬼斧神工的一幕幕，不知震撼了多少人的心靈，也不知沸騰了多少人的血液！

山，是一個象形字。中國人心目中的山，可以幻變爲無數抽象意念，也能夠承載不盡的寄託。「杳杳天低鶻沒處，青山一髮是中原。」這是東坡心頭一種解不開的惆悵；而在對景久觀之下，也能產生像李白「眾鳥高飛盡，孤雲獨去閒，相看兩不厭，唯有敬亭山。」這種妙極機趣的境地。雖然，中國人也把人生比喻成登山，但這與西方人把山看成對立，並予以征服的心態是截然不同的。

山迴路轉，如果你要賞山，該走進山的世界裡去！雖然別人尋不到雲深處的你，可是你卻是眞正身在此山。「欲買溪山不用錢，倦來高枕白雲邊。」，你可學柳宗元在〈始得西山宴遊記〉中遊山玩水的方式，獨自一人坐在峰頂，悄愴幽邃，形釋心凝，與萬化冥合。山是穩重的，所以我們說：「死有重於泰山，輕於鴻毛。」也有人說：「置天下於泰山之安。」，如何將穩重如許的山，一變爲我們的心境個性？「江流天地外，山色有無中。」，答案在你是否追尋閒遠而已！

歷史說漢字

《西遊記》中唐三藏等人於取經途中遭「火焰山」阻攔，幸好孫悟空向鐵扇公主借來芭蕉扇，滅了烈火才順利前進。作者吳承恩在文中描述孫悟空於五百年前一腳踢翻了八卦爐，火焰噴灑到地上，才形成火焰山。

菱花照面淺勻眉—說眉

「敞無威儀，爲婦畫眉，有司以奏。上問之，敞曰：『臣聞閨房之私，有甚於畫眉者。』」（《漢書·張敞傳》）

堯眉八彩、張敞「畫眉之樂」，均是爲人所熟知有關眉毛的故事。漢代才女卓文君面目姣好，眉色望如遠山，以致時人效畫，蔚成風尚。據說趙飛燕之妹合德「爲薄眉，號遠山黛」，所畫便是這種淡粧眉色。黛是一種青黑色的顏料，古代女子在剃去本眉之後，再隨意勾出自己喜愛的眉形，謂之黛眉，有蛾眉、八字眉、柳葉眉、遠山眉、翠顰眉……的不同，但由於黛的價格昂貴，一般婦女也用墨來替代畫眉的。晉代著名文學家左思的小女兒紈素，畫眉技術

漢字的智慧

畫眉是一種風尚，並不代表一個人的內涵，最能表現人性本質的，仍是天生的眉相，例如：自我中心的「一字眉」、富於膽識的「劍眉」、腳踏實地的「薄眉」、勇於決行的「八字眉」……。

不佳，以致「明朝弄梳臺，黛眉類掃跡」（〈嬌女詩〉），而詩聖杜甫的稚女也「移時施朱鉛，狼籍畫眉闊」（〈北征〉），可見畫眉誠非易事。

但是，畫眉是一種風尚，並不代表一個人的內涵，最能表現人性本質的，仍是天生的眉形。一般說來，眉長的人性情溫和，待人親切；而眉短的人則較為激烈，相法上說眉長清秀乃聰明之相，眉短逆亂則是頑愚，其中不無道理。當然，這只是就一般而言，許多規律取決於歸納所得的結論，如：腳踏實地的「薄眉」、自我中心的「一字眉」、勇於決行的「八字眉」，富於膽識的「劍眉」，莫不是就表相論斷，而最能表現這一點的戲劇臉譜，便是藉著色彩和眉形來區分角色忠奸和刻畫人物內心性

漢字小常識

中國戲曲裡「眉」的畫法與角色關係很大，例如：扮演太監劉瑾畫略彎的「柳葉眉」，有貶低意味；扮演武將馬謖的是上寬下窄的「直眉」，有褒獎意思；至於很有心機的人物，如趙匡胤，則勾一眉尖向上，一眉尖向下的「凝眉」。

格的。

例如柳葉眉是扮演太監的劉瑾、梁九公，以及一般文人所勾的，這種眉如果略有彎曲，通常便含有貶低人物的意味；武將則不然，反而有褒的意義。其實一般性格較直的人，多勾上寬、下窄的直眉，例如馬謖、關勝就是。而戴白鬚的老人，便勾兩旁長而下垂的搭拉眉（老眉），一見便可分辨出人物的身分。至於心懷城府的人物，如趙匡胤、魏奇，是勾一眉尖向上，一眉尖向下的「凝眉」，表示他心中極有心機；羅四虎性情殘暴，勾有「奸眉」；張飛、李逵勇猛，故勾「蝙蝠眉」；財神勾「鴨蛋眉」；鬼怪勾「吊死鬼眉」，都是表現性格方面的。

詩詞品漢字

- 惟將終夜長開眼，報答平生未展眉。
  ／唐朝・元稹〈遣悲懷〉
- 敢將十指誇針巧，不把雙眉鬪畫長。
  ／唐朝・秦韜玉〈貧女〉

眉也能夠傳達心情，像「眉飛色舞」、「眉目傳情」、「喜溢眉梢」、「愁眉不展」皆是，古人詩詞亦喜用之抒懷，元稹的「惟將終夜長開眼，報答平生未展眉。」和李清照「愁眉翠斂春煙薄」，在這一層而言，均深刻有意，而唐人秦韜玉〈貧女〉詩更藉著「敢將十指誇針巧，不把雙眉鬪畫長。」來憐惜貧士不遇與傳達曲高和寡的孤憤，則給予的啓示便更爲深刻了！

眉，是一個合體象形字。《說文》眉部說：「目上毛也。从目象眉之形，上象額理也。」其實，眉字上面的偏旁，就是眉形，「目」只是告訴人們，這個字是「目」上的毛罷了。

穿越時空看漢字

眉是象形字

甲骨文

金文

小篆

像金文裡的眉就寫作「」，一目瞭然。眉是長壽的象徵，故有「以介眉壽」之語，眉也是表現精神的，故「眉清目秀」用來形容一個人相貌秀氣，五官端正，煥發一股脫俗氣質。

此外，眉也與道家陰陽五行扯上關係，所謂心（火）肝（木）脾（土）肺（金）腎（水）為內五行：口（火）目（木）鼻（土）眉（金）耳（水）為外五行，眉即屬金，專司壽元，內通於肺金，因此眉毛只要顯出異色，肺與膀胱一定有疾病，譬如眉色焦紅，肺火燥熱；眉色帶青，則肺有風寒鬱積，必須對症下藥，才可「揚眉吐氣」。而五行之間也是彼此相剋的，譬如眉（金）剋目（木），故愁眉不展，眼花糾繆，但眉若開展，則眼亦明朗，

漢字與成語

- 眉飛色舞：形容喜悅或得意的樣子。
- 眉目清明：形容面貌清秀。
- 眉頭一皺，計上心來：形容一下子就想出了計謀。
- 燃眉之急：像火燒眉毛般急迫。比喻非常緊急、危險的情況。

所以「眉開眼笑」！像這樣的詮釋，的確讓人會心莞爾，可以提供我們對成語解釋另一種新的體認！

水能性澹爲吾友—說水

有人說，澹泊並不是無情，而是心靈上的無限安靜。這種意境，曾有人追求過，卻是一輩子也未悟得，因爲追求的本身就不屬於澹泊。

所謂「澹泊」，是在一個熙來攘往無盡紛擾的世俗中，仍有生命上一種澄明空靈的意境，不致迷失在浮沉的感慨裡。然而，許多人只對種種世間法相「透入」卻不曾「透出」，不知清澈空白亦是一種美，澄澈如水方爲生命純度的表現，而要「心如止水」才能夠上通形上宇宙的和諧廣大。

老子以水來象徵人世承擔卑下與澹泊的意義。所謂：「上善若水，水善利萬物而不爭，處眾人之所惡，故幾於道。」，上善即是「以貴下賤」，像水一

漢字的智慧

- 假如人生的前半是火，那正告訴我們：年輕的心靈往往太過追求，沉溺在物慾人事之中迷失自我。
- 母愛是明亮的火焰，讓人溫暖、讓人充滿希望。
- 飛蛾撲火，惹焰燒身；貪官斂財，禍害蒼生。

般澄靜澹泊，居於卑下，就是更接近於圓滿，在世俗裡隨物賦形，和而不同，是水的特性，雖然它的形狀永遠受到容器的支配，然而永保赤子的精神，卻給予人無盡啓發。

假如人生的前半是火，那正告訴我們：年輕的心靈往往太過追求，沉溺在物慾人事之中迷失自我，不知節制乃至蘊積空虛。其實，榮耀反面即是虛幻，一個人至此仍不知絢爛歸於平淡，不解「細水長流」才是下半輩子應有的養生哲學，那便是他不曾眞正知道水的澹泊特性。

而且自古以來，「才、位、時、命」一直是構成讀書人際遇的四個必要條件，但是也有人不願拔擢。《高士傳》記載堯讓天下於許由，由便不受而

詩詞品漢字

- 滾滾長江東逝水，浪花淘盡英雄。是非成敗轉成空，青山依舊在，幾度夕陽紅？　白髮漁翁江渚上，慣看秋月春風。一壺濁酒喜相逢，古今多少事，都付笑談中。
  ／明朝．楊慎〈臨江仙〉

逃去，後來遁耕潁水之陽、箕山之下，堯復召爲九州長，由不欲聞，故洗耳於潁水。當時巢父牽犢飲水，見而怪之，既知，遂以水汙犢口，牽於上游飲之。這種清高逸遠，可看出他對功名泥塗軒冕的心志了。

水也代表著一去不返的時光：「滾滾長江東逝水，浪花淘盡英雄，是非成敗轉成空，青山依舊在，幾度夕陽紅。　白髮漁翁江渚上，慣看秋月春風，一壺濁酒喜相逢，古今多少事，都付笑談中。」，《三國演義》的這一段書中詩明示時光就是一條奔逝不返的川流，再也不可能回頭，所以孔子才有那句「逝者如斯，不舍晝夜」的感嘆！的確，流水便是無情，即因此，無情也帶來了愁，李白曾有「抽

漢字與成語

- 水火不避：形容不畏懼艱難危險。
- 水乳交融：比喻彼此的關係很融洽。
- 水清無魚：水太清澈，人們容易抓到魚，魚就無法生存；要求別人太嚴格，就沒有伙伴。現多用來表示對人或物不能要求過高。

刀斷水水更流，舉杯澆愁愁更愁」的名句；而李後主更以水比愁，將一腔悲憤化做東流春水。

然則，水亦能怡情養性。徜徉山巔水湄，山水往往能夠洗淨人的塵心機栝，使精神思想有一種向上昇華的意境，王維〈終南別業〉裡「行到水窮處，坐看雲起時。」透露一種獨往自知的閒逸；而杜甫〈江亭〉：「水流心不競，雲在意俱遲。」則涵泳於大自然的世界裡，不沾滯一點世俗塵埃！「仁者樂山、智者樂水。」丘山溪壑展現不僅是山光水色，而是在使人溶入永恆，擺脫俗事壓逼，不論仁厚的人像山；抑或聰明的人像水，他們總是在自然中吸吮靈感，由瀏覽欣賞走至天人相盪的意外之境去，最後，則靜定於光風霽月的和諧宇宙，

穿越時空看漢字

水是象形字

甲骨文　金文　戰國文字　小篆

「是非不由，而照之於天」了。

水也能調和色彩，無色的水使溶化後的色彩不斷擴散，使得原本空白的六合成爲遼闊無垠的美麗畫面。似乎，這個天地只要缺乏了水，便就缺乏盎然生機，也不再會有種種創生循環，原來，水就是天地間點化動靜，最富流轉的一股力量！

水是一個象形字。在《說文》之中，指的是眾水並流。生命只要流動，便是永恆，朱熹詩云：「半畝方塘一鑑開，天光雲影共徘徊，問渠那得清如許，爲有源頭活水來。」源頭活水就是永不乾涸，在思想上有開合自如之致，且能天縱驕才而清澈如鑑，宇宙萬象悠然在我們心中呈現，活闊地敲起共鳴。

歷史說漢字

漢朝有個窮書生叫朱買臣，因爲妻子無法忍受貧困的生活，吵著要離婚。幾年後，朱買臣金榜題名，當上太守，當他衣錦還鄉時，前妻走上前要求復合。但是朱買臣命人端來一盆水，潑在地上，表示兩人的關係就像潑出去的水，再也無法收回了。

水是清涼的，因此有「天階夜色涼如水，臥看牽牛織女星」之句；平靜的，是有「波瀾誓不起，妾心古井水」之言；柔順的，故而《紅樓夢》中說女孩是水做的；水更是多采多姿，國劇裡「水袖」的表現姿態便是反覆生韻，飄舉動人；而崑曲唱腔流麗悠遠，即以「水磨腔」稱之。由此，可見「水」的寬泛多義，無怪乎它會觸發人們不盡靈思，傳達豐富充沛的情感！

最後要說到戲曲中的水，在崑曲《爛柯山》裡有一齣〈潑水〉，敘述漢代朱買臣休妻，馬前潑水的故事，人似乎還該執著舊有，不宜以眼前勢力判定未來，「覆水難收」在這一層寓意而言，該是深刻有意的。

明眸流盼橫波來——說眼

黑白分明、靈活流轉的眼最能顯示人的精神智慧，也最能顯示一個人的美。正是在這種審美角度的要求下，文學作品要入木三分、深透紙背，便要拈出其間慧眼。且看劉鶚在〈明湖居聽書〉中形容王小玉的一段文字：

那雙眼睛，如秋水，如寒星，如寶珠、如白水銀裡頭養著兩丸黑水銀。左右一顧一看，連那坐在遠遠牆角子裡的人，都覺得王小玉看見我了……。

這是段沁人心脾的描寫。的確，慧黠、靈巧的女孩，除了給予人一種脫俗的氣質外，也會有雙充滿靈性的眼。回眸一笑，或述幽情，或傳神采，當

漢字的智慧

人的眼睛，流露的正是心靈深處汩汩不斷的躍動，而相法中也以眼色作爲判別善惡的依據：眼光灼灼有光，主性急有急智；上三角眼工於心計；三角黃珠，手腕必高，毒辣害人。

然不是僅表現短暫間的纖柔嫵媚，而是透過晶瑩的目光，傳達那細緻芳馥、充沛眞實的情懷。庸姿俗粉，固不可與之同日而語。

人的眼睛，流露的正是心靈深處汩汩不斷的躍動，孟子曾經說過：「存乎人者，莫良於眸子，眸子不能掩其惡。胸中正，則眸子瞭焉；胸中不正，則眸子眊焉。聽其言也，觀其眸子，人焉廋哉？」察言觀色，不難判斷這目光所呈現的人生眞相。而相法中也以眼色作爲判別善惡的依據：「眼光灼灼有光，主性急有急智；上三角眼工於心計，利益相衝突則忘恩；三角黃珠，手腕必高，毒辣害人……」。人像之難畫，難於「傳神」，晉人顧愷之嘗云：「四體妍蚩，原不關妙處，傳神寫照，

穿越時空看漢字

眼是形聲字

小篆

正在阿堵之中。」（阿堵為當時俗語，意即「這箇」，此處即是指眼睛），傳神關鍵，便在眼睛的描繪是否把握形神！

眼，是一個形聲字。《說文》排列次序於「目」字之後，彼比互訓。凡从目者皆與眼睛有關，如眥是目眶，盼是黑白分明，瞖（ㄒㄧㄢˋ）是大目，瞥是過目倏忽之意……，還有一個字作「矎」（ㄒㄩㄢˋ），是眼瞳仁的意思，民間傳說，認為眼中若為重瞳，必定有一番作為，可為人間豪俊，歷史上的舜、顏回、項羽、王莽、呂光、李煜、沈約、魚俱、羅蕭、友孔，據說都有這樣的瞳子，而近代人物方面，　國父孫中山先生也是重瞳子。

此外，歷史上也有關於眼睛的故事，例如商紂寵妃妲己善施狐媚，國亡被俘，殺她的士兵只要一見她的眼神，立即目亂神迷，下不了手，只好由姜子牙作法除去她；明末秦淮河畔「金陵八豔」之一的顧媚，以眉如春山、眼知秋水，其之所媚在眼，故自號橫波，南明諸公子爲她顚倒，拜在石榴裙下之人不知多少。有人則取《西廂記》中「怎當他臨去秋波那一轉」爲題燈謎，射古書名一——《離騷》，眞是餘味不盡。

最値得一提的，該是晉代那個好酒任性、放達不羈的阮籍（字嗣宗）了。傲然獨得的阮嗣宗，見禮俗之士，輒對白眼，《晉書》本傳記載他能爲青白眼臧否人物，這種對傳統禮教的揶揄，該是最特殊不過的方式了。

歷史說漢字

魏晉南北朝「竹林七賢」中的阮籍對厭惡的人，都翻白眼，對看順眼的人則用青眼。有一年他的母親死了，嵇喜來弔喪，但阮籍卻對他翻白眼，理也不理。相反的，嵇康帶著琴和酒來訪，阮籍一見神情不再冷冰冰，以青眼對待。

不畏浮雲遮望眼——說雲

大自然是藝術最偉大的宗匠，沒有任何一幅畫會比自然界更豐富，即使它是出自大師手筆。

雲是可欣賞的。對某些人而言，雲有時還特別美，也特別浪漫：「纖雲弄巧，飛星傳恨。」這是一個初秋七月的夜晚，纖纖柔柔的雲，像極了織出的錦緞，於是，雲被譜成了牛郎織女相誓相愛的戀曲，也很自然的與織女的巧聯在一起，帶給了人間不盡追懷的一段故事……。

除了天上的雲，就數山中的雲了。彳亍在山陰道上，時有厚厚的雲塊其間來往，雲光、山翠，又會恍恍惚惚朦朦朧朧迷迷茫茫微微顯現。雲很有個性，不受任何環境約

歷史說漢字

據說唐朝草聖張旭一喝醉便來回狂奔，大聲喊叫，用頭髮沾墨汁來寫字。他在酩酊大醉寫出的草書，反而更加精采，人人都嘖嘖稱奇。因爲張旭的草書寫得太好了，曾有老人爲了珍藏張旭的書法，便藉著打官司，好能拿到張旭親筆寫的判決書。

束，高興來就來，要走就走，奔馳隨心，靜謐任意，世上還有甚麼能比獨立自主的美更美麗呢？因此，獨立便觸發了畫者的靈感，一抹抹的朝畫面上寫去，一霎時，風馳雲湧。疊然競起，不盡的氣韻轉運其間，躍躍的生動現於紙上，甚至潮濕的水分還瀰漫襲人。其實，雲氣還眞的會沾濕遊山者的衣袂，唐朝的書法家張旭就是在面對氤氳山嵐的時候，吐露出「縱使晴明無雨色，入雲深處亦沾衣」的歡喜嘆賞，而雲也就因此寓託一種飄忽的神秘之感了。

說到神秘，自古以來最美、最神秘的雲，當數巫山之雲，和那個日爲朝雲、暮爲行雨的神女。〈高唐賦〉的作者，很巧妙拈出這個天地中的特殊

詩詞品漢字

- 花非花，霧非霧，夜半來，天明去，來如春夢不多時，去似朝雲無覓處。／唐朝・白居易〈花非花〉
- 曾經滄海難爲水，除卻巫山不是雲。取次花叢懶回顧，半緣修道半緣君。
／唐朝・元稹〈離思〉

意味境界，用了如是一個美麗的故事，透露人生世相偶然幻化的現象，也告訴我們世間之美稍縱即逝，非苦求即得的道理。但是，這個故事顯現的完美，卻成爲許多人神遊探索的對象，在面對一片自然的觀照裡，也不禁出現「花非花，霧非霧，夜半來，天明去，來如春夢不多時，去似朝雲無覓處。」白居易的這種感嘆了。而巫山的雲也的確成爲中國文學裡不能缺少的題材，許多揚州夢醒的才子，猶癡心於昔日恩愛，說出了：「曾經滄海難爲水，除卻巫山不是雲。」是的，如果你見過飄在巫山峰頂的雲，那麼，天下的雲就可不必再看了。一個人本來就該堅持自己的執著，如果，你曾眞正的愛過，縱使非常短暫，也該永遠珍惜這段回憶，深

漢字與成語

- 雲天高誼：比喻深厚的友誼。
- 雲中白鶴：比喻志向、行爲高潔的人。
- 雲行雨施：比喻普遍地布施恩澤，做善事。
- 冠蓋雲集：形容達官顯要聚在一起。
- 翻手爲雲：比喻反覆無常。

深收藏於內心靈府。

「浮雲笑此生」，因爲雲是到處飄浮的，遊子際遇一如浮雲，當然感觸特別深刻。而雲也變幻莫測，所謂「天上浮雲如白衣，斯須變幻爲蒼狗。」，白雲蒼狗就是比喻世間種種情況的變幻莫測。而變幻莫測的情形，似乎也啓示我們：美並沒有一個標準，端在你如何去欣賞聯想，觸物爲情的交融其中。但是面對大自然界，人的力量實在微乎其微，也只能對「天有不測風雲」浩嘆無奈了。

雲是無法捕捉的，所以「富貴於我如浮雲」就是將富貴視之爲過眼雲煙，絲毫不存佔有之念。可是，如果有人神通廣大，能做到他人無法完成的事情，我們就稱他有「拿雲手」或「翻雲覆雨手」

穿越時空看漢字

雲是轉注字

甲骨文

戰國文字

小篆

了！

雲是充滿動感的，奔騰流動的雲，那股氣勢令人震驚，如果你見過雲海，就能解釋為甚麼上蒼是第一流的畫家，尤其是朝陽與夕落，那所渲染出變化無端的色彩簡直令人嘆為觀止。崑曲《牡丹亭》〈驚夢〉一齣，不是就有「朝飛暮捲，雲霞翠軒」賞心樂事，美麗非凡的佳句，可供人一探文學意境嗎？

雲是一個轉注字，在《說文》當中指的是山中水氣蒸發成雲的樣子。這些山中形成的濃雲是會遮蔽一切的，當年，在貶謫潮州的路上，韓昌黎就在秦嶺被白雲阻了去路，感慨寫下：「雲橫秦嶺家何在？雪擁藍關馬不前。」莫可如何的愁緒。而在

漢字的智慧

- 所謂「一片白雲橫谷口，幾多歸鳥盡迷巢」，生命裡，我們往往只見到了表象，崇拜偶像、追逐名利，殊不知道這正是進步最大的蔽障。
- 如果你畏懼眼前波詭煙譎的雲會遮去你的視野，那就超越它吧！

我們的人生當中，像這般迷失方位尋不著入途門徑的事正復不少：「一片白雲橫谷口，幾多歸鳥盡迷巢。」生命裡，我們往往只見到了表象，或眩惑於無限複雜的理論學說、迷信專家萬能、崇拜偶像、追逐名利，殊不知道這正是進步最大的蔽障，以致使我們大惑終身不解，永遠成爲他人學說思想的俘虜，不得翻身。

那麼，眞正的世界在何處呢？還是在，那白雲所阻的山谷之內仍是你的歸宿，如果你畏懼眼前波詭煙譎的雲會遮去你的視野，那就超越它吧！讓世間所有的雲都在你的腳下，就無所謂迷失不迷失了。宋代王荊公的那兩句詩最能詮釋這種境界：「不畏浮雲遮望眼，自緣身在最高層。」一個人可

漢字小常識

「雲」也是姓氏之一，據《姓氏考略》記載姓雲的始祖叫縉雲氏。「縉雲」爲黃帝時的官名，負責管理一年四季的事，其中夏官的官名就叫縉雲氏。後來其子孫以「縉雲」 家族的姓氏，一代傳一代下又省略了縉，獨留雲字爲姓氏。

以成就如此的氣象胸懷，震撼激射，使千載以下的我們仍能強烈感受他的氣勢磅礡，直接成爲個人生命中矢志追求的意境，絕不是偶然的，而這種精神、做法，才能使我們在人生的戰場上擁有勝算，「海闊天高氣象，珠圓玉潤胸懷」，去開創一片新天地！

亭亭淨植水雲鄉——說蓮

「江南可採蓮，蓮葉何田田。」，樂府詩中採蓮的佳句，早已膾炙人口。蓮花盛開在農曆六月，採蓮在秋，賞蓮在夏，當沉濁的汙泥卓生了一朵不沾塵土的青梗白蓮，孕育含滋這朵白蓮的生命歷程，已爲我們揭示一種人間難覓的崇高情愫。

蓮即荷花，又名芙蕖、澤芝、水華、菡萏、芰荷、芙蓉。《詩經》：「隰有荷華」、「有蒲與荷」；《楚辭》：「製芰荷以爲衣兮，集芙蓉以爲裳」，千古以來，蓮一直深植在人們生活之中，享盡墨客騷人的歌頌，因爲她冰肌清骨，情態翛（ㄕㄨˋ）然，〈洛神賦〉形容甄后之美，便云：「遠而望之，皎若太陽升朝霞；迫而察之，灼若芙蓉出綠波。」

漢字小常識

「蓮」在中國人眼裡是充滿靈性的，與一些圖案結合後寓意了吉祥意思，例如：蓮花與白鷺鷥、蘆葦構成的圖案，寓意「一路連科」；蓮子與連子同音，表示「連生貴子」；古人在筆袋上繡成顆的蓮子，顆與科同音，祝考生「中舉及第」。

民間傳說，蓮是有靈之物。《聊齋》裡的「荷花三娘子」敘述蓮精與宗湘若相愛共居，後來化飛而去。又佛教傳著這樣一個故事：平陽縣靈鷲寺的和尚妙智，養了一隻貓，每次他唸經時貓就蹲在一旁靜聽。後來貓死了，和尚將牠埋在院中，不久葬牠的地方長出一枝蓮花，人們把地掘開，發現這朵蓮花竟然是從貓的口中長出來的。因此佛教常見與蓮有關的事物，如：蓮座、蓮池、蓮經；舉凡佛教建築，如柱子、藻井、磚、塔、門，蓮花圖案運用極爲普遍。佛典往往以蓮花喻道，以爲極樂世界，眾生皆是蓮花化身，《雜阿含經》與《除蓋障所問經》都有蓮花作譬喻的例子，從這點來看，蓮也象徵崇高神聖的意義。

穿越時空看漢字

蓮是形聲字

小篆

南齊東昏侯寵愛潘貴妃，曾經以黃金製成蓮花朵朵，令潘行走其上，謂之「步步生蓮花」，此後人們便把女子的纖足稱爲「金蓮」，行走稱爲「輕移蓮步」，國劇中的旦角往往有這種步法。而蓮花亦音諧「憐」字，古樂府中的描寫時有寓意雙關，多繫兒女情長，而最是流傳千古的，當數金聖嘆行刑前的「蓮子心中苦，梨兒腹內酸」了。

蓮是一個形聲字。根據《說文》和《爾雅》的解釋，本來是和「荷」字有別的，（蓮是芙蕖實，荷是葉、藕是根），但今日已彼此相混了。歷史上，明代的徐渭是畫荷能手，傳世之作《雜花圖卷》中的蓮，揮毫表現，墨趣淋漓；八大、石濤、齊白石、吳昌碩也有作品流傳。如齊老的《荷花影

漢字與成語

- 三寸金蓮：古代指纏足婦女的小腳。
- 步步生蓮：比喻美女的腳步。也說步步生蓮花。
- 蓮華世界：佛教所稱西方極樂世界。也說蓮花世界。華，音ㄏㄨㄚ，同「花」。
- 蓮花步步生：比喻美人的腳步。

圖》、《荷花蜻蜓圖》，吳昌碩以篆隸運筆入畫，皆獨出心裁，別具丰致。

蓮的品種有建蓮、石蓮、大風蓮等，中興新村入口公路旁、台北市植物園、台南白河鎮的蓮潭里是幾個較著名的種植處所。此外還有一種「睡蓮」，葉緣呈鋸齒狀，浮於水面，不長蓮子蓮藕，純爲觀賞，花瓣白天放，晚上合，也有晚上才開放的，《嶺南雜記》稱之爲瑞蓮花，也有人稱午時蓮，以前國內引進了不少，如非洲睡蓮、香睡蓮、黃花睡蓮均是。

最後，要談到蓮的食用價值。蓮藕滋肺潤喉，甜中帶脆，可製成藕粉，能生吃也能煮食；荷葉包飯、排骨，是有名的佳餚；而蓮子銀耳更能清涼消

詩詞品漢字

- 江南可採蓮，蓮葉何田田？魚戲蓮葉間。魚戲蓮葉東，魚戲蓮葉西，魚戲蓮葉南，魚戲蓮葉北。
  ／樂府詩集
- 微雨過，小荷翻，榴花開欲然。
  ／宋朝・蘇東坡〈阮郎歸・初夏〉

火。過去，南京玄武湖畔一到了下午三、四點鐘，挑擔子賣「煮藕」的小販沿岸叫賣，鍋子裡燉著玄武湖出的嫩藕蓮子，用糯米、冰糖調製，既香又稠，令人難忘！

石不能言最可人——說石

上古炎帝有個小女兒，名喚女娃，出遊時失足溺死東海，死有餘恨，於是精魂化作一隻文首、白喙、赤足的「精衛鳥」。精衛鳥不甘大海奪去寶貴的生命，發誓「銜西山之木石，以堙東海。」因此人們又喚她「誓鳥」。然而，木石是如此細微，大海浩瀚，幾生幾世以來，渺渺茫茫的大海也未被填平，精衛眞是不自量力，但她這段奮鬥歷程卻給我們無盡的悲壯與「情到癡時方始眞」的啓示。而那從空中落入大海的碎石，細看來不是碎石，粒粒皆是女娃堅定的意志與血淚。

中國神話裡有則女媧補天的故事。當時共工與黑帝顓頊發生戰爭，結果共工失敗，憤怒的共工用頭把支撐天地的柱子撞倒，天傾西北，地不滿東南，四

歷史說漢字

《紅樓夢》裡敘述多情的賈寶玉前身是「女媧補天」後，剩下的一塊頑石，也就是未經斧鑿的石塊，被丟棄在青埂峰下，後來幻形入世，投胎與林黛玉共譜一輩子的情淚債。

極廢，九州裂，火爁焱（ㄌㄢˋ ㄧㄢˋ）而不滅，水浩洋而不息，百姓陷於水火的苦難當中，於是女媧煉五色石以補蒼天，人民才得安居樂業。

無獨有偶的，卻說女媧氏煉石補天之際，剩下一塊頑石未用，棄在青埂峰下，這塊石頭自鍛煉之後，靈性已通，既無才補天，於是幻形入世，遍歷情關幻緣，引出賈寶玉與林黛玉千古的一段悲劇，故事以一石始，末尾又安排這石重返青埂峰下，去來仙境凡塵，悟道返眞，這塊頑石也該算是一塊奇石了。

談到奇石，中國還有一則「頑石點頭」的神話，晉朝有一位名叫竺道生的人，對於佛教頗有精湛研究，一天，他獨自來到虎丘山裡，聚石爲徒，

詩詞品漢字

- 女媧煉石補天處，石破天驚逗秋雨。
  ／唐朝・李賀〈李憑箜篌引〉
- 空山新雨後，天氣晚來秋，明月松間照，清泉石上流；竹喧歸浣女，蓮動下漁舟，隨意春芳歇，王孫自可留。／唐朝・王維〈山居秋暝〉

朝夕不厭其煩的對石頭講起了《涅槃經》，奇怪的是，這些原無生命跡象的石頭，一個個都對他的講授點起頭來，這就是所謂「生公說法，頑石點頭」的典故，而現在蘇州也仍存有虎丘山頑石點頭的遺蹟。雖然，神話是無稽的，然而卻很清楚的說明了一個道理：只要在耐心的教育中加入感化的至情，就連冥頑的木石也會變得有感情的。

所以，「明月松間照，清泉石上流。」是詩佛王維為冷冰冰的石頭所賦予的生命，波光晃漾的泉水由這石流到那石，似為石頭們披上了一件沁涼的浴衣，巖間石隙濺起的水花，會打潮兩旁的溝壁，變得滑滑膩膩的，這汩汩清泉，成為大地的一條蜿蜒血脈，潤養了寂寂枯石，劉夢得的「苔痕上階

漢字與成語

- 石心木腸：形容意志堅定，毫不動搖。
- 海枯石爛：形容經歷極長的時間，常用在男女之間的盟誓。
- 電光石火：形容很短促的時間。
- 一塊石頭落地：比喻終於放下心事，不再操心。

綠」，用青青綠綠的苔痕抹在方方正正的石階上，在他專注於超感官的詩書境界時，那青青綠綠的線條仍綿延不斷的在石上擴散，與他不窺園林的執著相互輝映著。於是，石頭起了一個轉變，不再是使人神經緊繃的蒼白冰冷，而是和平寧靜，與安安閒閒的環境相協調，更蘊藏不盡生意與滌盡塵俗的一股幽然。

而令人怦然意動的石頭也是有的，奇巖巉刻的山石會帶出一種肅然，情緒隨著參差不齊的造型亦漲亦退；刻鏤精美的石硯，會誘人追訪文明的足跡與墨趣的陶溶。也許，還有一尊尊莊嚴的雕像，龍飛蛇走的斷碑，可使我們踏著祖先刻下的紋路，去開示中華文化精緻完美與眩目的奇景。

歷史說漢字

北宋著名畫家米芾愛石成癡，有一天，米芾聽說河岸有塊怪異奇石，便令衙役搬到衙署，他見這塊奇石像極了穩健的白髮老翁，竟跪拜在地，驚喜的說：「小弟想見石頭兄已經二十年了。」米芾「拜石」的趣聞成了文史趣談。

不盡的民間傳說也在在美化了許多原本無名的石頭。「亭亭碧山椒，依約凝黛立……堅誠不磨滅，化作山頭石。」望夫石的背後，總隱藏著妻子寬容犧牲與堅韌的定力，也表現了人間之愛耀眼的光輝，「妾身為石良不惜，君心為石那可得！」可是，此身縱使化為望夫石，丈夫的良心是否如石頭一樣堅貞不變？從這裡又能見出愛情的歷程總在期盼與失落之間尋求一個可能！

「三生石上舊精魂……此身雖異性長存。」圓澤與李源善十三年後的相見說明人間因緣全是前生所定。「林暗草驚風，將軍夜引弓，平明尋白羽，沒在石稜中。」李廣不經意的一箭，會射穿堅硬的石頭，在歷史和他個人的生命史中，都是空前絕後

穿越時空看漢字

石是象形字

甲骨文　金文　戰國文字　小篆

的。相傳，以書畫獨領宋代風騷的米襄陽更有著朝冠朝服，參拜奇醜巨石，呼石爲兄的一段趣事，這也能看出一個藝術家至情至性與執著中的那份可愛了。

石是一個合體象形字。由於它有堅硬不變的特性，所以人們往往將偉大的功勳記載鏤刻下來，因此便有「勒之金石」的說法。

「偶來松樹下，高枕石頭眠，山中無曆日，寒盡不知年。」一塊不賦予情感與寄託的石，終究就只是一塊石頭而已，一塊璞是必須經由琢磨才能現諸於世的，可是它仍是那麼沉默的不說一句懇求與巴結的話，這就是石頭最可貴的地方。「花若解語還多事，石不能言最可人。」清清淡淡的莊嚴，總比喋喋不休的虛浮，予人在感覺上比較踏實得些。

百草山中第一香——說蘭

蘭為王者香，在花卉中，她是一個聖潔的秀者。

蘭是遠離塵俗的，《群芳譜》載：「蘭，幽香清遠，馥郁襲衣，彌旬不歇，常開於春初，雖冰霜之後，高深自如，故江南以蘭為香祖。」曹丕的〈與楊德祖書〉云：「蘭茝蓀蕙之芳，眾人所好。」即因如此，她的清香淑質，被人喻為具有道德骨氣的君子，《孔子家語》說：「與善人居，如入芝蘭之室，久而不聞其香，即與之化。」於是她予人的感覺超越了表面的造形，而使人更接近她的深刻內面和高度情操，所以久而自芳，即與之化。

學畫之人，每以畫蘭為畫法初步，畫者往往在描摹中，墨際毫端不知不覺地凸顯了自我；也藉著蘭葉葳蕤（ㄖㄨㄟˊ）的線條，延伸拓展，洗禮一己心魄，

漢字與成語

- 吐氣如蘭：形容女子氣息像蘭花般幽香。
- 蘭艾同焚：比喻君子小人、貴賤美惡同歸於盡。
- 蘭桂齊芬：蘭花和桂花都會散發出清香，後比喻子孫興旺發達。
- 蘭薰桂馥：比喻德澤傳承後世，爲人們所敬仰。

澄懷觀道，由丹青中，透射出永恆恬靜的氣象。所謂「蘭質蕙心」，說的是女子容貌嬌美，天性聰慧；「桂子蘭孫」，是稱美他人子孫，一如芳蘭玉樹；而「蘭薰桂馥」，則是以喻別人後嗣昌蕃，世德流芳；「金蘭之交」，金喻堅，蘭喻香，用以說明交情深篤，這一切，顯示蘭是突出的，是眞善美的化身。

歷史上最著名的蘭，莫過於永和九年，歲在癸丑，暮春修禊的蘭亭。王羲之所寫的〈蘭亭序〉，鳳翥龍蟠，出神入化，原跡傳云已被殉葬唐太宗昭陵，目前比較接近原本精神的，只有「神龍本蘭亭帖」（馮承素摹本）和石刻「定武本」二種，相傳元人趙子固得到的是姜白石舊藏定武本，一日

穿越時空看漢字

蘭是形聲字

小篆

乘舟遇風翻覆，猶堅抱帖子不放，事後題：「性命可輕，至寶是保」八字於帖本上，世稱「落水蘭亭」，可見這件著名墨蹟在人心目中重要之一斑。

蘭是一個形聲字，從艸闌聲，《說文》意爲香草。蘭的種類很多，有龍舌蘭、石蘭、箭蘭、澤蘭、素心蘭、蝴蝶蘭、嘉德利亞蘭……等，像素心蘭，人稱蘭中之蘭，較有名的有金色黑素心、大屯素心、觀音素心、七仙女素心，香氣濃郁，都曾風靡一時，栽培只要將三、四個球莖種在六寸素燒盆中，以細蛇木屑或疏鬆砂質土塡充，置於通風良好處，就能生長良好，用於客廳擺設，更是能使滿室生香，增添幽雅氣氛。

蘭的姿態是優美的，戲曲表演中，旦角的手

漢字小常識

中國傳統戲曲中，旦角表演時常出現「蘭花指」的手式，即拇指和中指相對彎曲、其餘三個手指翹起，也說蘭花手，是模倣蘭花綻放幽雅動人的樣子，我們看敦煌石室壁畫的「菩薩手印」，就是蘭花指。

式有所謂的「蘭花指」，便是模倣蘭花綻放的樣子，而敦煌石室壁畫的菩薩手印，也保留了極明顯的軌跡。自古以來，畫蘭之士在他們的畫面上呈現了自然之美，也滲透出他們的胸中丘壑，那一筆一劃，皆有所指，皆有供獻；宋朝的蘇東坡畫蘭，長帶荊棘，所謂君子能容小人；宋末遺民鄭思肖（所南），畫蘭不畫土，慘痛地吐露大好河山的淪喪。最是以蘭畫著名的，當數揚州八怪中的鄭燮（板橋）了，他的蘭花畫法極類石濤旨趣，所繪蘭竹舉世無雙，傳世之作，如《題畫蘭十九則》、《題蘭竹石二十四則》，足見他對蘭花的偏好，就連他的隸楷書法六分半書，也由畫法行之，故心餘太史詩云：「板橋作字如寫蘭，波磔（ㄓㄜˊ）奇石形翩翻；

歷史說漢字

中國文人多愛蘭花，以蘭花爲主題的水墨畫不少，其中以宋朝鄭思肖畫蘭最有名。他僅畫蘭不畫根，讓蘭花連根帶葉飄浮空中，因爲宋朝已亡，國土淪喪下，哪有根可依靠，藉此表達心中的哀慟。

板橋寫蘭如作字，秀葉疏花見姿致。」從這一點來說，他正是說明書畫同源、用筆一致的典型。

野渡無人舟自橫——說舟

讀過蘇東坡〈赤壁賦〉的人都知道，宋仁宗元豐五年七月的一個夜晚，東坡泛遊黃岡赤壁，曾經駕著一葉扁舟，在斷岸千尺的赤壁，悟出了人生整幅生命運作的道理，而且也爲中國文學留下了一段不朽的佳話。

舟是靜態的。像柳宗元的「千山鳥飛絕，萬徑人蹤滅。孤舟蓑笠翁，獨釣寒江雪。」就傳達給我們一種既明淨又孤寂的情調，在漫天冰雪的天地中，寒江獨釣的漁翁既不是釣魚，也不是釣雪，而是「醉翁之意不在酒，在乎山水之間。」想想：在那種天寒地凍的遼闊大地上，人的生命多麼微渺，但就整個意境來說，卻也是與天地同生、萬物爲一的。

詩詞品漢字

- 朝辭白帝彩雲間，千里江陵一日還。兩岸猿聲啼不盡，輕舟已過萬重山。／唐朝・李白〈下江陵〉
- 獨憐幽草澗邊生，上有黃鸝深樹鳴。春潮帶雨晚來急，野渡無人舟自橫。
／唐朝・韋應物〈滁州西澗〉

有時，舟是動態的。那種長趨直入的輕快，給我們的是另一種感受：「朝辭白帝彩雲間，千里江陵一日還。兩岸猿聲啼不住，輕舟已過萬重山。」這首詩，就像一幅速寫，很快的就把握住小舟在長江急流中奔馳而下的迅速，揮灑之下，使人立即興起一種宏闊千里的清晰印象，彷彿這條小舟已使我們心弦產生共鳴，拓展了心靈中不盡的意味。

可是，舟也能給予人們一種蒼茫的荒遠感，像韋應物的〈滁州西澗〉：「獨憐幽草澗邊生，上有黃鸝深樹鳴。春潮帶雨晚來急，野渡無人舟自橫。」細膩的筆觸描寫出一個罕無人跡的地方，一條小舟很自然的構成了整個畫面的重心，成爲銜接意境的媒介，這是韋應物最爲人所熟知的一首詩，

漢字的智慧

- 「舟」是飄流的，而漂泊對人生來說是一種無法逃避的磨難考驗。
- 許多事不能隨我們的意念憧憬而達到，只有波濤大些，「舟」就有翻覆之虞。

也由於他用心靈去感受周遭氛圍，故而在自然景物中也顯示出他的那份性格。

舟也是飄流的。其實，漂泊對人生而言，是一種無法逃避的磨難考驗，塵世無常，我們甚而不能斷言自己會不會走上漂泊的命運，或身世淪微？〈長干曲〉中的一男一女，在「停船暫借問，或恐是同鄉。」的對話裡，就顯示了天涯遊子萍水相逢那種近鄉情怯的感受，而在旅途勞累，身心交憊之餘，企盼尋得一個依傍休憩之所。但是，「世事波上舟」，許多事卻不能隨我們的意念憧憬而達到，只要波濤大些，舟就有翻覆之虞，人間的戰亂流離，絕不是憑幾個悲天憫人的學者或宗教家就能呼籲避免，於是憂患苦難便接踵而來。如能避免，也

漢字與成語

- 吞舟之魚：能夠吞下舟的大魚，比喻賢能有才幹的人。
- 同舟共濟：比喻彼此同心協力，共渡難關。
- 借水行舟：比喻借用別人的力量達到目的。
- 刻舟求劍：比喻做事不知變通。

不會有杜工部因安史之亂漂泊天涯、奔波流浪所訴「飄飄何所似，天地一沙鷗」與「老病有孤舟」的句子出現了！

當然，舟能載人，泛舟可以散心遣懷。當女詞人李清照因思念遠方的丈夫，她想到了「獨上蘭舟」去鬆心寬想，暫時忘卻相思所帶來的糾結；而在人生急景凋年，爲了排遣寂寞，在別人一再稱說「雙溪春尚好」的時候，油然浮現「也擬泛輕舟」的想法。可是遲暮之感令她打消了這個念頭，因而只有道出「只恐雙溪舴艋舟，載不動許多愁」來自我解嘲，這背後，卻有無止無盡，不足爲外人道的一股悲愴！而最是寫盡了天下蒼生共有悲悽的句子，則爲清末的丘逢甲在離臺剎那間「扁舟去做鴟

穿越時空看漢字

舟是象形字

甲骨文　金文　戰國文字　小篆

夷子，回首河山意黯然」，無語問蒼天的悲憤，空虛黯然，實當爲有志之士同聲一哭。

舟，是一個象形字。《說文》即以「船」解。這交通工具，本是致遠以利天下，可是我們仍能用欣賞的角度或是人生的角度賦予感覺，既然學問範疇之大可用「學海」形容，那麼學習便能以行舟爲譬說明。像有人常說：「學如逆水行舟，不進則退」，這句話聽來平常，可是要做得徹底，卻也不是簡單，這都是由於缺乏毅力的緣故，如果我們想要在理想上有所成就，「逆水行舟」的精神是不可缺少的。

此外，我們面對情況更遞轉變，也要有「破釜沉舟」的決心和勇氣，勇往直前。其實人生無處不是賭局，而亦無處不是戰場，面對環境若不存背水一戰的想法，扭轉局面，那麼便永遠成爲環境的俘虜了！

歷史說漢字

古時候有個「刻舟求劍」的故事，據說楚國有個讀書人搭舟過江時，佩在腰上的寶劍不慎掉落水裡，他一點也不急，好整以暇的在船側刻上記號，表示寶劍掉在這裡，準備返回時再撈上來。船夫知道後竊笑不已，覺得這個人的腦筋太僵硬了。

三更有夢書當枕——說枕

晉朝的名作家張華，曾寫過一篇〈瓌材枕賦〉的文章。爲了一只枕頭，居然可以作賦讚美，的確是件不尋常的事情。這只枕頭，被他形容的是：「彧彧其文，馥馥其芬」、「允瑰允麗，惟淑惟珍」，彷彿是美的化身，也成爲了一個藝術主體。

自古以來，枕頭的種類就不下幾十種，就質料來說，有瓷製、石製、木製，亦有高貴如玉、翡翠、水晶，名堂之多，眞是令人嘆爲觀止。而人的一生，至少有三分之一的生命必須在枕上度過，故而枕頭與人關係密切，不待細講，也因此，從枕頭產生的典故傳說就深植民間，也在文學中不斷成爲心思遠想的寄寓之處。

歷史說漢字

唐朝沈既濟的〈枕中記〉有則「黃粱一夢」的故事，敘述失意的盧生自怨自艾，同住客棧的呂翁便送他一個陶枕，表示枕著睡可以作好夢。盧生果然夢見自己位居高官，妻賢子孝，名利雙收。等夢醒後才悟出人生的榮華富貴轉成空，毋須汲汲追求。

「富貴三更枕上蝶」，話說唐開元七年，士人盧生在邯鄲旅舍中遇見了神仙呂翁，不滿現狀的盧生埋怨自己「生世不諧，困頓如是」，於是仙人呂翁便問他何得滿足？盧生大言不慚，自謂：「士之生世，當建功樹名，出將入相，列鼎而食，選聲而歌，使族益昌而家益肥。」乃稱滿足！言訖，而目昏思寐，時主人方蒸黍，呂翁授以一枕，盧生便進入夢境，夢得榮華富貴，出將入相，子孫蕃多，崇盛赫奕，至八十餘歲而薨。盧生夢醒，欠伸而悟，一見身在旅邸，呂翁在旁，而主人蒸黍尚未熟。夢中忽歷一生，乃悟出人生窮通富貴，不過如此，原來剎那之間，生前擁有的一切，均隨死亡歸於空無，於是稽首再拜而去，莫知所終。這是沈既濟

漢字與成語

- 同衾共枕：夫妻共用被枕睡在一起，形容情感恩愛甜蜜。
- 安枕無憂：安穩地睡眠不被干擾，比喻無憂無慮。
- 曲肱而枕：以彎曲的手臂當枕頭睡覺。比喻安於貧苦的生活。

《枕中記》傳達的人生達觀出世思想。而明代劇作家湯顯祖就把這個故事編成戲曲，成爲他《臨川四夢》中的一部，喚爲《邯鄲記》。

說到枕，人們往往藉著枕頭吐露心中的惆悵。一個離鄉客外的遊子，往往會把隔山漫水不盡長途的幽怨，寄託在那只枕上，而一個深受委屈的人，夜裡也會在枕上落淚。岑參的「枕上片時春夢中，行盡江南數千里」；白居易「郡亭枕上看潮頭，何日更重游」；尹公遠的「一夜東風，枕邊吹散愁多少」，都能說明作者的心境，我們宛如看到詩人惘然的嘆息，雖然，可能還有一些無法知曉的複雜因素，但他們陷在裡面跳不出來，觸緒紛至，身世之感還是最主要的原因。

詩詞品漢字

- 客睡何曾著，秋天不肯明。入簾殘月影，高枕遠江聲。計拙無衣食，途窮仗友生。老妻書數紙，應悉未歸情。／唐朝・杜甫〈客夜〉
- 自探典籍忘名利，欹枕時驚落蠹魚。／唐朝・李商隱〈和劉評事永樂閒居見寄〉

因此，當杜甫收到了家書，不禁喟然長嘆，無法平復思歸的情緒，寫下了「客睡何曾著？秋天不肯明。入簾殘月影，高枕遠江聲。……」的耿耿不寐，所以躺在枕上，卻會見到月影，聽見隱隱傳來的江濤。而在〈秋興〉之中，則曾述自己「畫省香爐違伏枕」不赴尚書工部員外郎的心志，他能體悟周旋於矯揉造作的官場是人一生中最大的抱憾，所謂的「違」，事實上也就是不甘於變成一個庸俗的碌碌凡夫。可是，他畢竟還是歷經了這個階段。

「自探典籍忘名利，欹枕時驚落蠹魚」，閒居自樂的李義山，比杜子美更進一步的體認了人生，不被凝結在落寞之中，這個詩句，也能看出義山在政治不得志之外，偶有的一份閒適，詩情雅興，也

漢字的智慧

「曲肱而枕之」呈現的是眞心從容於生活的超然；而「偶來松樹下，高枕石頭眠」一詩則流露出因景生情，隨遇適性的人生態度，能以枕石觀雲，享受藍空的靜美之樂。

使他不因案牘勞形成爲一名只知應酬逢迎的俗吏，可有一份擺脫形式的超然。

而眞心從容於生活的超然，當以孔子的曲肱之樂爲上。《論語》之中的孔子，能以「飯疏食，飲水，曲肱而枕之。」作爲快樂，並不諱言生活的困苦，且又豁達於世間種種不利的影響因素。「偶來松樹下，高枕石頭眠」，唐人詩句中，流露出因景生情，隨遇適性的人生態度，能以枕石觀雲，享受湛湛藍空的靜美之樂，眼前所見，皆是動人心魄之景。

「枕流漱石」是一句耳熟能詳的成語，或作「枕石漱流」，意思是說隱居山水之間，情志高潔，能恬淡世事。一個人可以如是觸景皆春，要與

穿越時空看漢字

枕是形聲字

戰國文字

小篆

他的性格氣質相提並論，不是揉作得出的。而人人若是都能洞悉自己的能力與處世之道，或許人間的暴戾與懷才不遇之感就能較少發生。

枕是一個形聲字，古代的枕頭多半是硬枕，所以枕字從木部。根據考證：元明之前多半睡硬枕頭，之後才有柔軟的枕。據傳，睡硬枕頭腦比較清醒，隨時可起身苦讀，而懂得養生的人，更是利用豆殼、茶葉、乾菊花，或是各種名貴藥材製成枕頭，降血壓或治療失眠、頭疼，可說是中國人在生活上另一種精緻文化的表現了。

當然，對於自己該做的工作，我們也應有「今日事今日畢」的態度，及早準備。那麼，就不必「枕戈待旦」，而能「高枕無憂」了。

春風又綠江南岸—說風

「天氣微涼好入睡，欄杆閑在月明中。」風在中國文學之中，是個極為普遍的題材，雖然它不像其他自然現象可以捕捉，更不能欣賞，但卻能任由自己的感覺細細體味。

話說六祖慧能得法於五祖，曾遇印宗法師於法性寺，是夜風吹刹幡，一僧云幡動，一僧云風動，皆未契道。於是慧能說出了「直以風幡非動，動自心耳」的道理。世間大休大歇，一切放下的人畢竟極少，而天地之內，任何的主動原就是一種被動，「風吹幡動」的體悟，也為我們揭示了這一段公案的謎底：就是心為一切體受之源。

其實，一個生命的成長原本就是承風受雨，而後奮起

漢字的智慧

- 生命的成長原本就是承風受雨，而後奮起蛻變，在整個歷史環境與人生際遇裡，風也隨時可見。
- 春風帶來的生命力無遠弗屆，每每觸動物種體內的血肉靈魂，勃勃的追求生長。

蛻變，在整個歷史環境與人生際遇裡，風也隨處可見。有時，風是一種柔和滋養，但，有時它卻挾著一波波冷冽、甚而刺骨的嚴寒侵襲人身，每一場暴雨旋風過後，依然健在倖存的人都是幸運的！唐人岑參〈白雪歌送武判官歸京〉一詩曾說：「北風捲地百草折，胡天八月即飛雪。忽如一夜春風來，千樹萬樹梨花開。」在這裡，千樹萬樹一夜之間被白雪覆蓋得煞似梨花盛開，可是在奇寒下卻掩藏著一股股生機，只要風雪平靜，這些樹木便會再度抽芽茁長！歷經了支離破碎和現實的悲苦，才證明性至堅韌，而也唯有性至堅韌，才能在存活之後，依舊茂盛如昔。

春風，是萬物所需要的。生命在春風的吹拂

詩詞品漢字

- 離離原上草，一歲一枯榮。野火燒不盡，春風吹又生。遠芳侵古道，晴翠接荒城。又送王孫去，萋萋滿別情。／唐朝．白居易〈賦得古原草送別〉
- 古木陰中繫短篷，杖藜扶我過橋東。沾衣欲濕杏花雨，吹面不寒楊柳風。／宋朝．釋志南〈無題〉

下，會欣榮的湧現出來，「宛轉溪橋南又北，東風吹出最繁枝」，色調紛沓的美景，使天地充滿了鮮活的藝術效果，且看「柳樹得春風，一低復一昂」，當風滑過，柳條弄姿，綠意婆娑的揮灑春的訊息！「野火燒不盡，春風吹又生」，春風帶來的生命力無遠弗屆，每每觸動物種體內的血肉靈魂，勃勃的追求生長。

於是斑爛絢麗，奪人眼目的景象，使人們很快忘記了風雪曾經帶來的摧殘，又對風產生另一種新的情懷。「吹面不寒楊柳風」，當撲面而來的是柔和溫暖的情調，常會勾人陷入慵懶恣意的迷情，前人「暖風吹得遊人醉」的詩句，確是有感而發。

至於夏日，炎炎暑氣若有涼風吹拂，也是極

漢字與成語

- 十風五雨：十天刮一次風，五天下一場雨，形容風調雨順。
- 口角春風：比喻口才流利。
- 占風使帆：看風的吹向來行船，比喻見機行事。
- 喝西北風：比喻生活沒有著落，經常挨餓。

難得的享受，「瑤琴一曲來薰風」，翁森〈四時讀書樂〉傳達的情趣是如何雅緻！而映日臨風的荷塘邊，陣陣飄送的「十里香風」，會流瀉著令人神暢的悠然。時序入秋，這道感覺隨之改變，當「落葉滿空山」或「風定落花深」的景象出現，就會有陸游「一年容易又秋風」的感慨。「洛陽城裡見秋風，欲作家書意萬重」，人們往往將鄉愁化作字句，可是千言萬語只會對客心百念的張籍想得更多，愈情難自抑的無法收煞。〈秋聲賦〉的作者歐陽脩則由秋風之肅殺搖落，興起無比的人生嗟嘆，原來，四時與人生興替同是一樣短暫的拋物線，四時的曲線滑至盡頭可以復起，然而，人生豈能再次回頭？

漢字小常識

一年四季都有風，隨著季節不同風的名稱也各異，例如：春天吹的風，叫春風、東風；夏天的叫南風、薰風；秋天吹的風叫秋風或西風，因秋在五行上屬金，所以也叫金風；冬天的叫冬風、北風。

而送爽的秋風也在千古的歲月裡，啓發神話的遐想。如果，你曾去過海上的孤島，沒有喧鬧，沒有光害，擡頭可仰視到一片漆黑的夜空，才會眞正發現爲甚麼中國人喜歡編織一齣齣動人的神話，爲甚麼將滿天無數閃現的星斗與秋風結合，與「金風玉露一相逢，便勝卻人間無數」這般寄情於七夕天長地久的永恆！

冬天北風勁厲，古詩裡就有「枯桑知天風，海水知天寒」的描寫，北國嚴冬，猛烈的北風捲起雪花，無論如何也不可能予人親切之感，不少瑟縮在貧寒之中的窮士，更有「全家都在寒風裡，九月衣裳未剪裁」的感觸。然而，人間若無識才慷慨的畢沅助以千金，恐怕黃仲則的這番感嘆，也只有沉埋

穿越時空看漢字

風是形聲字

甲骨文

戰國文字

小篆

在淒緊的風聲裡吧！

風是無法確切掌握的，成語「捕風捉影」指的是沒有根據的事情。「清風兩袖朝天去，免得閭閻話短長」，明代忠臣于謙的氣概風骨，說他除了清風兩袖之外，別無所有，因此「兩袖清風」便用來形容爲官清廉。面對著風，內心是舒暢，抑或惆悵，完全是因心情而定，雖然，漢武帝劉徹的〈秋風辭〉已透露出無法追尋長壽永年的悲嘆；李後主也在國亡被俘之後，無奈於「朝來寒雨晚來風」，引出無限的憂傷情懷。然而在風雨中視苦難若「櫛風沐雨」的人，亦大有人在。

風在《說文》中是個形聲字。有時候，我們可把風視爲一個環境：也許風中之燈或風中之燭岌岌可危，但是它卻也一再的暗示我們要不畏艱苦，在惡劣環境中堅守自己的理念與光明。文天祥〈正氣歌〉當中的「風簷展書讀，古道照顏色」，不就是給我們最深刻的啓發嗎？

最後，要順提一則有關風的傳奇故事，相傳古時一位石姓小姐，嫁與尤姓爲妻，情至深篤。其夫遠行經商，石氏阻攔未果，尋以思念致病，臨終之前長嘆：「吾恨不能阻其行，以至於此，今凡有商旅遠行，吾當作大風爲天下婦人阻之。」於是自後商旅發船，若遇打頭逆風，輒稱「石尤風」，遂止而不行。至於《三國演義》當中孔明的借東風，更是家喻戶曉。由此可見，民間故事從自然現象取材編織的情形，是極爲普遍的。

歷史說漢字

相傳古代有位石姓小姐嫁給尤姓男子爲妻，幾年後因爲思念遠行經商的丈夫而病死，臨終前哀嘆的表示，以後如果有商船出航，將化爲狂風阻攔船隻前進，爲天下所有的婦人留住丈夫。從此，只要商船遇到逆風，便稱是「石尤風」。

湘江竹上知何限—說竹

「寧可食無肉，不可居無竹」，蔽蔭迎風的竹在中國古典造園藝術裡，是不可缺少的搭配，那種清氣蕭爽，往往令人偃仰之間，俗慮盡忘。白居易的〈養竹記〉也曾指出它挺拔直立的外表，象徵著君子剛直不屈，而內在的空和節，意味著君子的操守名行，夷險一致。

墨竹相傳始於五代李夫人，《圖繪寶鑑》說她月夜獨坐南軒，竹影婆娑可愛，乃揮毫濡墨，摹寫窗紙之上，其後北宋的文湖州（同）登峰造極，揮灑出鮮活的墨竹生命，他曾經教導蘇軾畫竹，要「必先得成竹於胸中，執筆熟視，乃見所欲畫者，急起從之，振筆直遂，以追其所見，如兔之起，鶻之落，

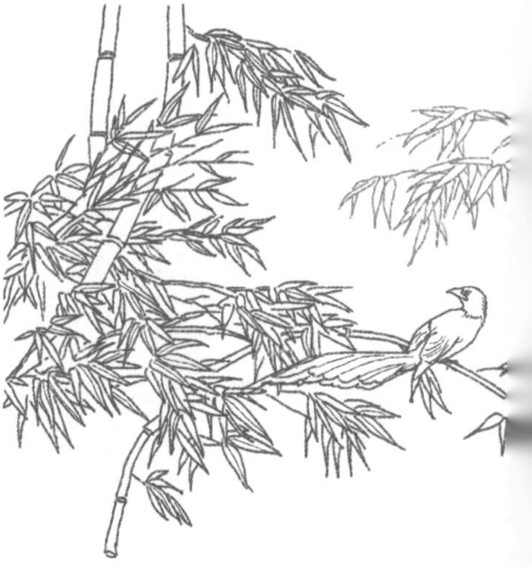

穿越時空看漢字

竹是象形字

甲骨文　　金文　　戰國文字　　小篆

少縱即逝……。」（東坡・〈篔簹谷偃竹記〉）成語「胸有成竹」就是出自於此。而在生活的體驗中，王禹偁的〈黃岡竹樓記〉，更以「夏宜急雨，有瀑布聲；冬宜密雪，有碎玉聲。宜鼓琴，琴調和暢；宜詠詩，詩韻清絕；宜圍棋，子聲丁丁然；宜投壺，矢聲錚錚然。」紛紜交疊，組織成動人的音符，使人感受一種內在的情韻。

竹是一個象形字，《說文》作「𥫗」，云：「冬生艸也。」指的便是它在寒冬愈挫愈奮，顯示不凋謝的精神，於是它引領了傳統讀書人與知識份子面對時代、宇宙、人生時，如何在縱的歷史中選擇建立自己獨立的觀念。所謂「竹林七賢」：嵇康、阮籍、阮咸、向秀、王戎、劉伶、山濤：「竹

漢字小常識

臺灣處處可見到竹，有麻竹、桂竹、綠竹、淡竹、刺竹、孟宗竹、長枝竹等等，其中孟宗竹以南投、嘉義二縣產最多。竹材堅韌，適合加工後用來做成竹椅、竹席、竹籠、手杖、釣魚竿等等，以及簫、笛、管、胡琴等樂器。此外，竹子也能拿來食用。

溪六逸」：李白、韓準、裴政、張叔明、白陶沔、孔巢父；「風竹是感應無心」的程明道；堂前格竹子的王陽明，莫不對竹有一份執著和深切憧憬！

竹的種類很多，根據前人《竹譜》所記，達六十餘種，它是溫、熱帶植物，在我國華中、南和臺灣隨處可見，一般所見到的有麻竹、綠竹、孟宗竹、淡竹、刺竹等。在福建省永康縣方廣寺還有一種方竹，它的莖幹如手指頭般大，呈方形，可說是極爲少見的品種了。

至於用途，竹的利用尤爲廣泛，很早就與文明有密切關係，「著於竹帛」，擔任傳承文化的責任。此外還能供應建材，作竹椅、竹几、竹籠、斗笠、手杖、包糉子、供造紙、製樂器。用竹製成的

漢字與成語

- 一竹竿到底：一直到底，常比喻夫妻白頭偕老。
- 胸有成竹：比喻做事情前已經有通盤的考慮。
- 勢如破竹：比喻形勢迅速猛烈地發展，無法阻擋。就像破開竹子那般，上端劈裂後，下面的部分就隨著分開了。

樂器，有簫、笛、排簫、篴、箎、管、篳篥等。當然，竹子也供食用，常食竹筍，纖維可助消化，冬天採收的稱爲冬筍，品質細嫩，相傳爲三國時代孟宗哭竹所生；春天採收的則稱春筍，這兩種都是孟宗竹的產物，而六月之後，則是綠竹筍和麻竹筍的生產季節。

竹筍清香甜美，不論燉肉煮湯，皆極爽口，過去在大陸上，還有揚州富商聽說黃山竹筍燒肉特別好吃，曾就地掘洗，由廚師在黃山調好味料，燃上炭火，每隔十里一站，專人接力送至，是爲揚州一大名菜。

朱雀橋邊野草花——說花

喜愛花的人，泰半都是性情中人，而蒔花之樂，更使人忘卻俗世帶來的煩擾。

話說當年佛祖在靈山會上傳道說法，壇下弟子群集，佛祖默無一語，只手拈一花，向諸信眾環示，無人可悟世尊眞意，唯獨大弟子摩訶迦葉，展顏微笑，於是佛祖當眾宣示：「吾有正法眼藏，涅槃妙心，實相無相，微妙法門，不立文字，教外別傳，付囑摩訶迦葉。」此處妙諦微言，依傍妙悟，世尊傳法迦葉，即因他已能直指人心，見性成佛。這便是由花接引成聖的一段故事。

而南京城外的雨花臺，相傳在梁武帝時，有雲光法師講經於此，感得上天雨花讚嘆，故名「雨花臺」。花雨的景象必定是極端動人心魄，斜斜的被

漢字小常識

十二月令的花神相傳爲一月梅花壽陽公主；二月杏花楊貴妃；三月桃花楚國息夫人；四月牡丹東漢貂嬋；五月石榴花鍾馗；六月蓮花西施；七月雞冠花陳後主；八月桂花徐惠；九月菊花陶淵明；十月芙蓉花蕊夫人；十一月山茶花湯顯祖；十二月水仙花娥皇和女英。

風吹向大地，滿滿的令人眼目都迷。只是，我們或能看見厚厚如茵的落花，無福仰望漫天飛舞的壯觀景象。且提《紅樓夢》第六十二回〈憨湘雲醉眠芍藥裀〉一折，話及史湘雲因多罰了兩杯酒，嬌嬝不勝，只有納涼避靜小臥於園中山石僻處一塊青石凳上，眾人尋她不得，各處去找，及至尋著，正是：香夢沉酣，四面芍藥花飛了一身，滿頭臉衣襟上皆是紅香散亂。手中的扇子在地下，也半被落花埋了。一群蜂蝶，鬧穰穰的圍著她。又用鮫帕包了一包芍藥花瓣枕著。眾人看了又是愛，又是笑，忙上來推喚挽扶……。

晉朝的陶淵明看花別有一番境界，他的「采菊東籬下，悠然見南山」從零星的事物貫串了自我創

漢字的智慧

看花有三個境界層次：第一層次是眼中有花，心中無花；第二層次是眼中有花，心中亦有花；第三層次是眼中無花，心中有花。

造的境界，他在無意之間，由花跳脫到了另一個純然主觀存在的天地，對現實不會再有執著與否的癥結。一般而言，看花也可有三個境界層次：第一層次是眼中有花，心中無花；第二層次比較深刻，是眼中有花，心中有花；到了最高一個層次，則是眼中無花，心中有花。陶淵明的境界允屬第三層次，「萬物靜觀皆自得」，正是這一點，使陶淵明能超然於境遇形骸之上，也因此，古今中外不可能再有第二個一模一樣的陶淵明！

誠然，花也是可以賦予性格的，陶淵明之所以愛菊，是由於菊爲花中的隱士；周敦頤之所以愛蓮，則以蓮爲花中的君子，據說徐志摩還最愛西湖畔的蘆花，因爲蘆花最能看出人生世代的轉移更

歷史說漢字

《紅樓夢》裡關於黛玉葬花的情景，讀來令人感傷。多愁善感的林黛花看到花兒凋落，不捨的葬花、爲花作詩：「儂今葬花人笑癡，他年葬儂知是誰？試看春殘花漸落，便是紅顏老死時。一朝春盡紅顏老，花落人亡兩不知。」

替，換句話說，每種花都有它獨特的姿態與情調風格，情調風格就是一切美的秘訣。而一個讀書人在受到整體文化的薰陶下，就產生了所追求的中心價值，當他們愛花品花之時，遂將自己欣賞出的認知層面，作爲人格的歸宿了。

因此，古人愛好的不僅是賞花，更有人花費了半生精力爲花作傳，如唐朝的賈耽有《花譜》，宋朝的張翊有《花經》，明朝的王象晉有《群芳譜》，這些都是爲花立傳，且以品級次第來分別花卉種類。有人酷愛種花，如吳越的錢仁傑又號「花精」，《今古奇觀》中的灌園叟，人稱「花癡」，最是《紅樓夢》裡，曹雪芹筆下的黛玉葬花，竟使寶玉聽到黛玉「儂今葬花人笑癡，他年葬儂知是

詩詞品漢字

雲想衣裳花想容，春風拂檻露華濃。若非群玉山頭見，會向瑤台月下逢。　一枝紅豔露凝香，雲雨巫山枉斷腸。借問漢宮誰得似，可憐飛燕倚新妝。

名花傾國兩相歡，長得君王帶笑看。解釋春風無限恨，沈香亭北倚欄杆。／唐朝・李白／〈清平調〉

誰……一朝春盡紅顏老，花落人亡兩不知」的詩句後，也「不覺慟倒在山坡上，懷裡兜的落花，撒了一地……」最能夠在後世人們的心中留下深刻印象。

花是上天賦予這個世界最美的點綴，傳說，上天爲每個月設有一位掌管花的花神。「如花似玉」是形容女子的美貌，李白〈清平調〉就以「雲想衣裳花想容」來描寫翩翩起舞的楊玉環。花是有靈性的，因此唐明皇把心愛復能領悟體貼的貴妃喚爲他的「解語花」。鳥語花香更是醉人心脾的難得景象，它能勾起人們飛揚浩蕩的神思，情滿熱愛，寫下作者對這眼前自然美的觀察和感受。

於是，「風吹柳花滿店香，吳姬壓酒勸客

穿越時空看漢字

花是象形字

隸書

嘗。」這是李白不拘人間格套所發抒而出的四海豪情。「似花還似非花，也無人惜從教墜。拋家傍路，思量卻是：無情有思。」東坡藉落在路旁的楊花，寫人間不盡的癡情。「正是江南好風景，落花時節又逢君」，杜甫則以在江南逢遇天寶名樂人李龜年的剎那感慨，道出了那個時代世運的滄桑與彼此的淒涼流落。至於劉希夷的「年年歲歲花相似，歲歲年年人不同」詩句，更把古今以來許多人的心事暢訴無遺！

花原是個象形字，《說文》指的是「草木華也」，在中國人的心目中，花卉園藝已進入了人文精神的一部分，成爲人們心目中不可或缺的調和。「花若解語還多事，石不能言最可人」，這句話使人恍然悟道，原來，生命的意義是否多采多姿，你的人生是否豐富，全看自己對生命處理的手法如何而已！

漢字與成語

- 花容月貌：形容女子面貌美麗。
- 人面桃花：指男子朝思暮想的心上人。
- 天花亂墜：本比喻說話生動精彩，後有過分浮誇的意思。
- 如花似錦：形容風景、前程等很美好。

紛紛巧剪鵝毛細──說雪

雪，渾融飄逸，也是千姿萬態的。仰望漫天飛舞的雪花，或許你才能真正體悟：天地之中，令人心馳神往的美景極多，然而能給人清冽淨白的一份純美，恐怕只有冰天雪地中的銀色世界。

《老殘遊記》中的〈黃河結冰記〉寫老殘在齊河縣看到黃河結冰的景象，也寫出天色漸暗，雲山如夢似幻的奇觀：「這時北風已息，誰知道冷氣逼人，比那有風的時候還厲害些。擡起頭來看那南面的山，一條雪白，映著月光，分外好看……」，於是雲是白的，山也是白的，雲有亮光，山也有亮光，雪月交輝，使他想起謝靈運的「明月照積雪，北風勁且哀」詩句，惹起時不我與，歲暮感傷的

歷史說漢字

宋朝有位好學的人叫楊時，向當時著名理學家程頤請教學問，不巧程頤在睡覺。楊時不敢打擾老師，便站在門外等，一直等到程頤醒來時，門外的雪已經積了一尺多。楊時尊師重道的精神成了人們傳誦的佳話。

幾行清淚。而淚被凍住了，結成了冰，地下還有許多冰珠子……。

元雜劇《山神廟裴度還帶》第二折裡，也有一段描述雪景的文字，那場雪，紛紛揚揚下了好大一場：「恰便似梅花遍地開，柳絮因風起。有山皆瘦嶺，無處不花飛，凜冽風吹……」於是，「路徑行人絕跡，園林凍鳥時啼」，也凍得裴度眼花眩曜，唱出了：「是是是我可便心恍惚辨不的箇東西南北，呀呀呀屯的這路瀰漫分不的箇遠近高低。瓊姬、素衣，紛紛巧剪鵝毛細，戰八百萬玉龍退敗，鱗甲縱橫上下飛，可端的羨殺馮夷。」

而西湖的「斷橋殘雪」就不同了，在春水初生時，畫橋倒影，帶以積雪，與相連結的孤山混朗生

漢字與成語

- 以湯沃雪：用熱水澆雪，雪很快就融化，比喻事情輕而易舉，勢在必成。
- 蟬不知雪：蟬的生命只活到秋天，從沒見過雪，比喻壽命短暫或比喻見識淺薄。
- 踏雪尋梅：形容文人欣賞風景之餘作詩的興致。

姿，當日光初照，便與全湖波光相激射，這就是斷橋殘雪擅場之處，並與《白蛇傳》深入人心的「斷橋」、「合缽」同存不朽！

文學上也有一則關於雪的記載，《世說新語》裡述及東晉名相謝安，一日與兒女講論文義，窗外的雪急急驟驟的下了起來，煞似一道道密密的珠網，美麗非凡，謝公一時興起，便高興的說：「白雪紛紛何所似？」兒子謝朗以「撒鹽空中差可擬」形容，在旁的侄女謝道韞則脫口一出「未若柳絮因風起」的佳句，謝安由是大悅，而道韞多才的文名自也不脛而走。這便是文學上「詠絮才」典故的出處，也告訴我們在創作之時，用字的確是一門很大的學問，並且是決定文章層次最主要的因素，達意

詩詞品漢字

- 兩個黃鸝鳴翠柳，一行白鷺上青天。窗含西嶺千秋雪，門泊東吳萬里船。
  ／唐朝・杜甫〈絕句〉
- 千山鳥飛絕，萬徑人蹤滅；孤舟簑笠翁，獨釣寒江雪。／唐朝・柳宗元〈江雪〉

傳神，全在乎用字是否能準確痛快的掌握自己的體會心得而已！

於是，蘇州彈詞裡，一首悲涼蒼勁的陳調：「大雪紛飛滿山峰，衝風踏雪一英雄，帽上紅纓沾白雪，身披黑氅兜北風，槍挑葫蘆邁步走，舉目蒼涼恨滿胸，這茫茫大地何處去，天寒歲暮路途窮。」道盡了林沖踏雪的悲憤。而「千山鳥飛絕，萬徑人蹤滅，孤舟蓑笠翁，獨釣寒江雪」，則爲柳宗元在文學史上釣出了縷縷峭潔清遠，悠悠的在後人心中擴展。所以有時候多產並不是文學寫作成功的致因，由這裡便能看出一斑了。

此外，我們也能視風雪爲追尋理想的歷練環境，話說《三國演義》裡劉玄德三訪諸葛亮，就是

漢字的智慧

- 想要成功，就不能逃避迎面而來的風雪，要以無比的耐性去面對。
- 無論風雪多大，畢竟是會過去的，也只有經霜歷雪的人才眞正是個心智成長的人。
- 坦蕩蕩的人其心像皚皚白雪，白得耀眼。

時値隆冬，天氣嚴寒，彤雲密佈。行不數里，便就朔風凜凜，瑞雪霏霏。然而，憑著求才殷切的一股熱情，終於請諸葛亮出茅廬而拯天下。而宋代楊時、游酢，更因在拜謁大儒程頤，適逢夫子瞑坐，便侍立在雪天庭下，不敢暫去，直至老師醒來，而雪已盈尺。這些，都一再啓示我們在成功之前，不能逃避迎面而來的考驗，更要以無比的耐性去面對。

因爲，風雪畢竟是會過去的，也只有經霜歷雪的人才眞正是個心智成長的人。貶潮途上的韓文公，就曾經歷「雪擁藍關馬不前」的磨難；就義前的金聖嘆，更在天降大雪，緲緲盈盈的法場上，自自然然、灑灑脫脫吟誦出「天公喪母地丁憂，萬里

漢字小常識

「六月雪」是京劇劇目之一，由元朝關漢卿著名雜劇《竇娥冤》改編而來，敘述寡婦竇娥因爲遭壞人陷害，而被處以死刑。處決前，滿懷怨恨的竇娥對天發誓，死後將「六月飛霜（降雪）三尺掩其屍」，證明自己的冤屈。

江山盡白頭。明日太陽來作弔，家家簷下淚珠流」的即景抒情。雖然，這裡面含藏一種極端淒酸沉重的身世之感與亡國悲慟，但是，白雪就是他這一生的寫照——清清白白，瀟瀟灑灑！

下雪象徵祥瑞，古諺所謂：「瑞雪兆豐年」，東坡更有：「遺蝗入地應千尺，宿麥連雲有幾家」的詩句爲證，據聞：雪增一尺，幼蝗則入地一丈，雪厚則次年蟲害絕。但雪若下得不是時候，就顯示時將亂、冤獄興。戰國時，鄒衍被人誣害下獄，仰天大哭，於是仲夏五月，天竟下霜；而元雜劇《感天動地竇娥冤》裡，也有六月間天降三尺瑞雪的異事，然而，人間若不斷發生悲劇，天象異常也是毫無意義的。

穿越時空看漢字

雪是形聲字

甲骨文

小篆

雪，是一個爲求方正之美的形聲字，《說文》本作𩅰字。雪是潔白的，看到玲瓏皓雪，胸中會廓然無滯，一個人絕頂聰明，我們可用「冰雪聰明」來形容，雪光晃亮，所以歷史上有晉人孫康映雪讀書的故事。而寒冬雪夜，坐擁書城，更能產生〈四時讀書樂〉「坐對韋編燈動壁，高歌夜半雪壓廬」的境界。

「綠螘新醅酒，紅泥小火爐。晚來天欲雪，能飲一杯無？」在雪花紛飛的冷寒清夜，如能興之所之，擁有這一份暖暖深情，那麼，你將是個最能體悟生活的人！

數點梅花天地心——說梅

在層冰千里的大地，盛開的梅花迸現了一種充沛和百折不撓的精神，那種奮傲霜枝的風神，使萬物不禁對它尊敬和頂禮。

正月的花神是梅花。偶一思之，梅的確給予我們啓示：一種內在、本質、超脫群倫的深秀氣質，而非外在表面的美不勝收。崑曲《長生殿・絮閣》裡的梅妃江采蘋性好梅花，便以動人憐愛的氣質超越群芳，深得玄宗喜愛，以致遭到楊貴妃潑辣的嫉妒；傳說中，宋武帝的女兒壽陽公主，倦乏小睡於含章殿簷下，一朵梅花落在她的前額，留下五瓣花痕，更加嫵媚，因此宮女紛紛模仿，以梅花印額，稱爲「梅花粧」，這種梅花襯出的美，想必更顯現了

詩詞品漢字

- 疏影橫斜水清淺，暗香浮動月黃昏 。霜禽欲下先偷眼，粉蝶如知合斷魂。幸有微吟可相狎，不須檀板共金樽。／宋朝・林逋〈山園小梅〉
- 讀書之樂何處尋，數點梅花天地心。／宋朝・翁森〈四時讀書樂〉

人內在的精神氣質，所以才會在當時影響久遠。

梅散發的一股幽香。清與幽，不正是象徵著一種不慕名利的澹泊典範嗎？宋代的林逋種梅放鶴於西湖孤山，梅妻鶴子，自適其間二十年，孤山與斷橋相連，殘雪霽色，各擅其勝，無怪乎他會寫下「疏影橫斜水清淺，暗香浮動月黃昏」，洞澈生命的哲思和宇宙間汩汩不斷的生機了。本來，藝術中最高的境界，就是要從這大自然的和諧中去汲取靈感，妙造天趣，而有一個超越且又傳神的境界，不是有人說過：種樹栽花，一片生機！而俯仰天地之中，翁森〈四時讀書樂〉的「數點梅花天地心」，正傳達出不可窮盡的、獨一無二的生命。

但是，有梅無雪，卻也無法顯示它的精神，

穿越時空看漢字

梅是形聲字

金文　　小篆

「不是一番寒澈骨，爭得梅花撲鼻香？」、「有梅無雪不精神」，歲寒，方知松柏之後凋也。而梅亦依然綻放，亂世忠魂，毫無疑問對整個國家民族有振聾發聵的作用，對歷史有深遠的影響，揚州梅花嶺的臘梅之所以名顯天下，即是由於「萬點梅花盡是孤臣血淚；一坏故土還留勝國衣冠」與民族英雄史可法萬古相守！

梅是一個形聲字，意爲酸果。事實上它的本字是某（某），從木甘得意，原指酸流濺齒的梅子，兩個字聲紐同爲「明」母，古韻在「之」部。梅子黃時，也就是所謂的梅雨季，大約在入夏之後，長江流域形成冷鋒，陰雨綿綿。

梅的種類很多，一般分食用的「果梅」和觀

漢字與成語

- 梅妻鶴子：比喻清高或隱居。
- 望梅止渴：比喻用空想來安慰自己。
- 青梅竹馬：形容男女幼年時天眞無邪，在一起嬉戲玩耍。
- 黃梅時候：梅子成熟的時節，指農曆五月。

賞的「花梅」二種，花梅因花形、花色區分，有紅梅、墨梅、綠梅、玉蝶梅、香雪梅、雪梅、馨口梅等，大庾嶺又名梅嶺，梅花夾道相植，每至盛放，紅白梅夾道，行者忘勞。果梅則能製成各類乾果，如話梅、烏梅、陳皮梅，然而最令人難忘的，該是那未成熟的青梅了，人口那股酸勁，足使你嘛箇大半天口涎！

千里懷人月在峰——說月

月到中秋分外圓，在中國古典文學作品中，月亮是不能不談的一個素材。

宇宙是很巧妙的，假如整個天空沒有一片雲，沒有太陽、星星和月亮的話，那便是一片蒼白了。有情天地，無一不是虛實相配，偌大的天空是虛，但寂靜的夜空只要有一輪明月，她所發出的光輝，便能填滿宇宙人間任何一個角落空隙。當大地酣睡，人間是一片沉寂，只有月亮依舊高高的掛在天上，而在黎明來臨前，月也就在白雲的遮蔽下隱隱退去，送走一個長長的夜。於是，月所披灑出的光輝，煞似慈祥關懷，也引動了更多的想像與情感。

漢字的智慧

- 月亮正是黑暗深淵中的一道光輝，她所閃現的光明，就是人間的希望。
- 求學的境界猶如觀月，少年讀書如隙中窺月，中年讀書如庭中望月，老年讀書如台上玩月。
- 月有陰晴圓缺，人有悲歡離合，此事古難全。

或許，月亮正是黑暗深淵中的一道光輝，她所閃現的光明，也就是人間的希望。霎時間，溫暖、光明會驀然浮現人們的心頭，即使是一股迷惘，也將觸發心靈的衝盪。「床前明月光，疑是地上霜，舉頭望明月，低頭思故鄉。」這是感觸眼前實景與複雜心情，感慨係之而湧現的濃烈鄉愁，這種心情，和杜甫「露從今夜白，月是故鄉明」、白居易「共看明月應垂淚，一夜鄉心五處同」的神馳千里、感慨遙深是完全相同的。而「回樂峰前沙似雪，受降城外月如霜。不知何處吹蘆管，一夜征人盡望鄉」，更是由幽怨悽慕的蘆笛，令人不禁陡然接近於如霜的月亮，將她視爲懷鄉戀土的唯一線索。千古以來，這種鮮麗的感受，不知撥動了多少

詩詞品漢字

- 楊花落盡子規啼，聞道龍標過五溪。我寄愁心與明月，隨風直到夜郎西。
  ／唐朝・李白〈聞王昌齡左遷龍標遙有此寄〉
- 長安一片月，萬戶擣衣聲。秋風吹不盡，總是玉關情。／唐朝・李白〈子夜吳歌〉

久客思歸者的心弦而有共鳴之感，也成爲各種寄託的承載處。

因此，「我寄愁心與明月，隨風直到夜郎西」，是李白以寄往明月，傳達友情，對好友王昌齡即將謫官湖南潛陽的心緒關懷：「長安一片月，萬戶擣衣聲」，在古唐朝月光照耀下的長安城，卻隱藏著不爲上位者所知的時代悲苦！「秦時明月漢時關，萬里長征人未還。但使龍城飛將在，不教胡馬度陰山。」死者已矣，或許盼望只是一種虛無縹緲的幻想，然而擣衣畢竟也是一個寄託，或許還能從絕望中轉出希望來！只要月亮還在，就意味著時空的延續，而延續，就仍有希望！

可是，延續對某些人而言卻是無境無止的痛

漢字與成語

- 月落烏啼：比喻寂寞淒涼的夜晚。
- 日月入懷：古時候指生貴子的吉祥徵兆；或形容外貌俊秀。
- 冰壺秋月：比喻人品清白廉潔。
- 披星戴月：形容徹夜趕路，沒有休息。

苦，「春花秋月何時了？」的李後主，面對月亮只會勾起他一年容易又秋風的感慨，與喪失做人尊嚴的愴觸。人生的黃金時代，早已一去而不復返，「故國不堪回首」，月明對他，已不再有特別的意義。

當然，月亮也能夠寄託一個作者對歷史人生的感慨：「今人不見古時月，今月曾經照古人，古人今人若流水，共看明月皆如此。」歲月是一個漫長的時空，生死是永不歇止的循環，「淮水東邊舊時月，夜深猶過女牆來。」人間滄桑不過就是歷史中的一個逗點而已，即如此，望月感懷也僅是微不足道的事情，用不著戀棧。「明月幾時有，把酒問青天。試問天上宮闕，今夕是何年？」東坡是最能夠

穿越時空看漢字

月是象形字

甲骨文　金文　戰國文字　小篆

看得透人生的，所以同樣的月，卻有如比的情懷，他和許多人一樣，也曾有過寂寞孤獨，但是，寂寞卻不能做爲我們嘆息唯一的理由。

「少年讀書，如隙中窺月；中年讀書，如庭中望月；老年讀書，如台上玩月。」，如果學問正一如月亮，不同年齡的治學境界的確如此。

月是一個象形字。月圓月缺，月的形狀，會帶給人們不同的感受，〈記承天寺夜遊〉中的東坡，便因月色入戶，欣然起行，閒情逸致，一如于良史的「掬水月在手，弄花香滿衣。」在一年中不同季節，不同地點的月，也各有獨特的風貌：「雁字回時，月滿西樓」，這是李清照所見到的月；「月落烏啼霜滿天，江楓漁火對愁眠」，這是張繼

歷史說漢字

傳說中的「月下老人」是手持姻緣簿、拄著枴杖、留著長長白鬍鬚的神仙，負責掌管人間的婚姻。祂會用紅線繫上男女的腳，兩人就算是相隔千里也會經由相識、相愛而結爲連理。現在不少未婚男女都到寺廟裡拜月下老人，希望能擁有美好的姻緣。

在楓橋所見的月。月出可以驚山鳥，也能「月湧大江流」，而最美的月亮，該是唐人張若虛在〈春江花月夜〉那首長詩裡描寫的句子：「春江潮水連海平，海上明月共潮生，灧灧隨波千萬里，何處春江無月明。江流宛轉繞芳甸，月落花林皆似霰。空裡流霜不覺飛，汀上白沙看不見。」空明潔淨，直把人帶到一個隔絕人世的仙境。

有關月亮的傳說很多，像中國人熟知的嫦娥奔月、李白水中撈月均是。「吳牛喘月」是一句成語，指見到類似的事物產生心慌膽怯的情形。這個故事是說：南方氣候很熱，吳地一帶的水牛也怕熱，見了月亮，以爲是太陽，便不由分說的喘起氣來。還有，人們把主管人間姻緣的神稱爲「月下老人」，說他有一條紅繩，只要他把這條紅繩繫上男女的腳，縱使兩人是相隔千里，素昧平生，也將結為夫婦。「有緣千里來相會」，姻緣天定，中國人對「姻緣」這兩個字安排了如此美妙的一段神話，也能看出中國人的幽默了！

漢字小常識

月的形狀由盈轉虧分別稱為：滿月→凸月→弦月→殘月→新月。農曆初一的月亮叫朔、新月；初七～初八時叫上弦月；初十五～初十七叫望、滿月；到了農曆二十三左右叫下弦月。

一盞寒泉薦秋菊——說菊

在西風的季節裡，中國人似乎對生命藝術的體悟最深刻，也最自然。清秋立即就使人聯想到晉朝那個靜念園林、采菊東籬的陶靖節；也使人體悟南宋李易安人比黃花瘦的意外之境。

清秋是美的，而九月綻放的菊花，搖曳在宇宙六合中，那種依稀仙子的線條，瞬間把我們由空間意識帶入了長久漫遊的時間歷程，於是，我們感染了一份古人賦予菊的人生體會。晉的陶淵明獨愛菊，菊是花中的隱士，那股氣質、秀逸，正表現了他人生中若淡若疏的意趣。而明朝人張潮在《幽夢影》一書中也提到：「梅令人高，蘭令人幽，菊令人野，蓮令人淡。」這個野，也正提示了一個不黏不脫的面目，說人有行雲舒卷的性格，可掙脫無形的牢籠。然而，菊

歷史說漢字

歷史上人人都知晉朝陶淵明愛菊成癡，不僅種菊、賞菊、釀菊花酒，每每飲酒時還在酒中灑些菊花。陶淵明不爲五斗米折腰，不事權貴小人，他愛菊花，認爲菊花是高潔的隱士，受人尊敬。

是純潔的，不同於無高韻的世情兒女，於是，未嫁的女子稱爲「黃花閨女」；同時，菊又是幽香的，所以人老壯健堅貞，我們也稱「黃花晚節」。

傳說中，食菊花可使壽命長，屈原「夕餐秋菊之落英」，據說是想要輔體延年，《荊州記》云：「菊花水，飲之能瘳疾延年。」或許就是指這點，而《抱朴子》更言明「用白菊花汁、蓮花汁、樗汁、和丹蒸之，服一年，壽五百歲。」（劉生丹法）。除此，它能製成枕頭，有袪除病痛的作用，《澄懷錄》中說：「秋採甘菊花，貯以布囊作枕用，能清頭目，去邪穢。」因此，中藥的藥材內便有菊花一味，用量二至三錢，甘淡、性溫，有補血通經、去瘀的功效。

穿越時空看漢字

菊是形聲字

小篆

菊是一個形聲字，《說文》从艸匊聲。它和梅蘭竹並稱「四君子」，是古今以來畫題上永恆的素材，歷史上的「揚州八怪」便以畫四君子著名於世，八怪的畫是中國歷代最典型的文人畫，雖然菊是石濤的遺風，但都具有個人境界，而非臨摹因襲，換句話說，他們進出的藝術精神，正是梅蘭竹菊內在的、特殊的格調，把被人間憂患磨練成的高邁心志，以丹青來抒寫抱負。

菊也是清雅的、肅穆的，在佛堂上供奉著它，氣氛應會感神，烘托出素、潔、清、靜，在一小杯清水中插上一朵菊，將使你無視琳瑯滿目的紅塵，而會在哲理思辨中透徹了悟，不有「明日黃花」之嘆！

映階碧草自春色—說草

草，是大地一種原始淳樸的美。一株株隨風起伏，漸遠漸闊，漸淡似無的草，或在高山，或在原野，對普通人而言或許並不起眼，但在詩人眼中，草不但可感染心靈，更能喚起縈迴內心深處的故舊之情。

唐代大詩人白居易有一首〈賦得古原草送別〉的五言律詩，詩云：「離離原上草，一歲一枯榮。野火燒不盡，春風吹又生。遠芳侵古道，晴翠接荒城。又送王孫去，萋萋滿別情。」這裡的送別心緒，雖與那首因渺渺長途，夢魂遠阻的古詩「青青河畔草，綿綿思遠道」〈飲馬長城窟行〉不同，但也說明了草不論呈現綿延深遠，抑或垂垂豐茂，都使人心中對深摯之情湧出一股不同程度

漢字的智慧

- 我們要學習小草無論在多艱難的環境下都可以昂然挺立，隨風高唱。
- 草的榮枯是人生時空的更替，一榮一枯更顯人生的多采多姿。

的懷念。而年年草色的榮枯，便就是人生時空的更替，「春草明年綠，王孫歸不歸？」盼歸與當時的送別同樣都是一往情深，但在此時，二者都同時墜入了失落之中，令人不堪回首。

然而，〈桃花源記〉的作者則不然，陶潛用鮮美芳草、繽紛落英構築了一個令人悠然神往的世外之境，漁人自由自在的悠閑搖櫓於散出淡香的微風裡，形成了一種解不開的美感。於是剎那間的永恆就驀地呈現於一個林盡水源的小口處，電光石火般一閃即逝，那彷彿是一種頓然開釋，哲人可以捕捉得到，而我們卻永遠無法問津，只能隔霧觀花，在朦朧外豔羨不已！

所以說，草所呈現的面貌是多樣性的：「閒從

漢字與成語

- 草木皆兵：形容驚恐時疑神疑鬼的樣子。
- 草菅人命：視人命如野草般任意摧殘殺害。
- 十步芳草：比喻處處都有人才。
- 斬草除根：比喻從根本上消除禍患。
- 寸草生暉：比喻子女報答不盡父母的養育恩情。

蕙草侵階綠，靜任槐花滿地黃」，這種大自然色調的搭配，給予人視覺上清爽的感受，而「苔痕上階綠，草色入簾青」，頓時又豐腴了整個畫面，使我們腦中浮現一抹綠意，陶然忘卻擾人的俗情，至於那新鮮的青翠，更烘托了庭園書齋的吟哦聲聲，無怪乎「綠滿窗前草不除」的佳句，會使人啟悟美的本質，並在心中蘊蓄無限溫暖。

於是，詩情與畫意糾繆在一起，融融泄泄，渺渺窅窅，如茵的綠草不絕如縷地牽引著詩人，因此，不待深辨，「春草如有情，山中尚含綠」與「池塘生春草，園柳變鳴禽」一派亦情亦景的和諧就自然勾勒出來。尤其是「靜中之動，彌見其靜」的境界，驀地間與杜甫〈蜀相〉一詩「映階碧草自

詩詞品漢字

西宮南內多秋草，落葉滿階紅不掃。梨園弟子白髮新，椒房阿監青娥老。夕殿螢飛思悄然，孤燈挑盡未成眠。遲遲鐘鼓初長夜，耿耿星河欲曙天。鴛鴦瓦冷霜華重，翡翠衾寒誰與共。

／唐朝・李白〈長恨歌〉

春色，隔葉黃鸝空好音」庭草自春，新鶯空囀的淒涼，及白居易〈長恨歌〉：「西宮南內多秋草，落葉滿階紅不掃」的悵惘成了迴異的對比，也能看出草被賦予情感的不同了。

「暮春三月，江南草長，雜花生樹，群鶯亂飛，見故國之旗鼓，感生平於疇日，撫弦登陴，豈不愴恨？」這是丘遲〈與陳伯之書〉的句子。這封招降書信，用江南美好風景，給對方時代興亡、人生抉擇的無限引發，願其自省，終在壽陽反正，擁眾八千來歸。而北國的「敕勒川，陰山下，天似穹廬，籠蓋四野，天蒼蒼，野茫茫，風吹草低見牛羊」，則予人無限遼闊的塞上風光，雄渾豪壯的天地旋律，使人彷彿置身其間，有眞實的感受。

歷史說漢字

春秋時代晉國大夫魏顆在父親死後，沒有遵照父親的遺言將愛妾殉葬，反而作主讓她改嫁了。幾年後，魏顆與秦國大將杜回作戰，看見一個老人結草絆倒杜回，因而打贏。晚上魏顆夢見老人說自己是當年那個愛妾的父親，特地來結草報恩。

草是隨地生長的，甚至在牆角、在石隙，也都能看見它的足跡。在這些不利生長的環境裡，草卻活得生意盎然，這就啓示我們要有堅韌的生命力，才有生路轉機！

草也是柔嫩的，只要有風吹拂，草就隨順擺動，故有「風行草折」、「草上之風必偃」的說法。似乎在人生中，我們也必須學習草的精神，在必要時偶爾修正自己的方向，用行舍藏、通權達變，當風來襲時，隨其自然原則，依勢伏下，卻依舊堅韌的有彈回原位的力量。人生突來的不如意事，本來就是因情況而轉變，紛至沓來且不可避免的一種恆常存在！如果我們傲慢依舊，那就是眞眞不了解草在厄中求存的道理與等待轉機的暫息了。

穿越時空看漢字

草是形聲字

戰國文字

小篆

草有時也能造成幻覺。歷史上就有一則「草木皆兵」的故事，敘述前秦苻堅在淝水一戰遭晉軍擊潰，士兵一路逃竄，望見八公山上草木都以爲是晉兵，那種極度惶恐的心理。此外，草還有一則「結草報恩」的典故，敘述晉國大夫魏顆將父親遺下的愛妾改嫁他人，不予殉葬，之後帶兵作戰，遇秦將杜回，情況危急時，魏顆見一老人「結草」（按：即以草編圈套）以亢杜回，致使杜回顛躓被擒。夜中夢見老人，即所嫁婦人之父感念魏顆，前來報恩，於是，這個典故就用來比喻冥中報恩之意了。

草是一個形聲字，它原作艸字，屬於象形。「十步之內，必有芳草」，這個天地當中，品德優秀的人仍是不少的，似乎，我們要先推開自己心中

歷史說漢字

歷史上最畏懼「草」的莫過於前秦苻堅。當年他與晉軍作戰時，曾登上壽陽城頭，看見東晉軍佈陣嚴整，心裡很不安，加上他又把八公山上的草木都當成晉軍的伏兵，害怕的不得了。這場「淝水之戰」，苻堅大敗，百萬大軍僅剩下十多萬人。

的一扇窗，才能大大的看見它們，也才能感受到那活潑暢旺的生機！

千條萬縷送行色——說柳

「長安陌上無窮樹，惟有垂楊管離別。」

在中國古詩詞中，楊柳是經常出現的題材，也會被人賦予特別的意義。因爲，陌頭堤畔那一株株的翠柳，會帶來良辰美景，也牽引出不盡的暢旺生機，在春風的吹拂下，和路過的行人不停招手。

早在《詩經》的時代，柳就已經出現了。《小雅・采薇》就寫了一個戍防邊關的士兵在行軍路上，面對雨雪交侵，苦不堪言，湧現一股莫名的思鄉情懷：「昔我往矣，楊柳依依。今我來思，雨雪霏霏。行道遲遲，載渴載飢。我心傷悲，莫知我哀。」依依的楊柳雖象徵了美好的春天，但詩中的主角卻遠離服役，於是眼前紛飛的雨雪，引發他對一份遙不可知的企盼無限嚮往，也使我

漢字小常識

古人常以折柳送遠行的親友，因爲「柳」與「留」音近，有挽留的寓意。這種折柳送別的習俗起源於漢朝，那時的長安城東邊有座灞橋，兩岸遍植楊柳，送行的人來到此地，便隨手摘下楊柳送給離鄉的人，表示心中的不捨。

們從他的那個時代，看出百姓對整個人生社會戰亂盛衰的感慨哀傷。

而曾分手的楊柳岸邊，依舊是柔細的柳絲浮在春水上，一批批的人們在此告別。「離愁正引千絲亂，更東陌，飛絮濛濛。」聚散似乎已成爲人生一種不變的定律，在百歲光陰裡周而復始的循環，人只是將那些繁複的感觸灌溉到隨風搖曳的柳絲裡，而使擺動的千條萬縷更導示離別的酸楚。於是，千古以來送別的曲子，便一首接著一首，載著送別者的心事，唱出莫可奈何的嘆息……。

由是，柳給我們的體悟不單純只是搖曳生姿的美，而是更有一種獨特的面貌，經漢魏以來，也有一首送別的曲子稱作〈折柳〉，因此往後一千多年

漢字與成語

- 柳暗花明：本形容美好的春光，後多比喻由逆境轉爲順境。又作柳暗花明又一村。
- 柳綠花紅：形容美麗的春景。
- 柳骨顏筋：讚賞人的書法字體和功力具備柳公權的遒健和顏眞卿的雄偉。

的歲月，「折柳陽關」就成爲了中國人送別的代名詞，而千萬條依依低垂的嫋嫋弱枝，便也象徵送行和遠去者內心的千頭萬緒，在空中無根飛舞，那彷彿是所有的盼望皆已落空，而又有一股悽悽惻惻，隱隱約約的侵襲心頭。

所以，當人們一遍又一遍的唱著〈陽關曲〉的渭城朝雨，訴說「西出陽關無故人」的心境時，那就是一個淚水和愁鬱交織的時空，幽咽的聲音，不斷激盪人們的心靈。而他們波動起伏的悽愴，更造成了「年年柳色，灞陵傷別。」因爲，柳色的綠又喚起了遊子未歸的回憶，無由莫名的，使人埋入了深深的哀愁。

然而，從自然欣賞的角度而言，柳的姿態的

詩詞品漢字

柳絲長，春雨細。花外漏聲迢遞。驚塞雁，起城烏。畫屏金鷓鴣。　香霧薄，透簾幕。惆悵謝家池閣。紅燭背，繡簾垂。夢長君不知。

／唐朝・溫庭筠〈更漏子〉

確還是非常美的，「柳絲長，春雨細，花外漏聲迢遞。」這是溫庭筠在春天見到的景致，由白天寫到夜晚，當然也寄託了個人惝恍的情緒，那長長的縷縷柔條，也就是他一份綿遠的心情，或許其中就懷著難以碾磨的追憶。而賀知章的「碧玉妝成一樹高，萬條垂下綠絲絛。不知細葉誰裁出？二月春風似剪刀。」則以豐富的想像，為美感的呈現安排了特別的理由，春風吹得柳葉更有情調，像是一刀一刀裁出來似的。詩句緊緊的抓住了整幅畫面的重心，也令讀者別開生面，深覺比喻恰當，作者真有不隨世俯仰的思想情感，而煥發出清麗可喜的特色。

即如此，詩人捕捉了柳的特色，用所領略的感覺去寫入觀察，也造成較為有力的藝術渲染效果，

穿越時空看漢字

柳是形聲字

甲骨文　金文　戰國文字　小篆

像詩聖杜甫就有「隔戶楊柳弱嫋嫋，恰似十五女兒腰」的句子，他把柳和女子纖柔的腰相比，便是連接兩者一種共通的風格。比外，白居易也曾描寫楊玉環「芙蓉如面柳如眉」，那就是一種更富有審美眼光的寫法；而陶淵明除了衷心偏愛的菊花，還在宅邊植柳，號稱「五柳先生」，閑情逸趣，令人再三玩味他的清高與孤傲。

柳是一個形聲字，柳與楊不同，一般言之：枝條下垂爲柳，上揚爲楊，可是人們一向二者並稱。而自古以來，有關柳的典故亦是耳熟能詳，像《戰國策》裡就有一則〈百步穿楊〉，傳說是蘇厲勸白起不要出兵作戰的寓言，以神箭手養由基的百發百中，和白起的百戰百勝相譬，但射箭若超過百發，

歷史說漢字

自古以來愛柳的文人雅士不少，包括：東晉田園詩人陶淵明，他在屋宅前栽種了五株柳樹，自稱「五柳先生」；此外，唐朝詩人白居易、柳宗元、宋朝大文豪蘇東坡、歐陽脩也都是愛柳一族。

便會精疲力竭，致前功盡棄。任何人的能力都是有一個極限的，千萬不可迷戀於過去的勝利經驗，休息，畢竟還可以走更長的路！

《墨莊漫錄》一書曾記揚州蜀岡大明寺有歐陽脩手植柳樹一株，所謂「歐公柳」，而揚州太守薛嗣昌爲附庸風雅，亦植一株，自榜曰「薛公柳」，人莫不嗤之，旋爲人伐去。還有據說清朝時候，左宗棠征新疆，爲識別方向，沿途插了許多柳枝，不料卻成了茂密無比的大樹，造就一段留傳千古的佳話。人生之中不是正有許多像這樣「無心插柳」，卻有意想不到效果結局的事嗎！正由於無心，那就更適宜深深品味感受，而不應辨察說明，這便是文學佳品美之所在了。

十年一覺揚州夢——說夢

「日有所思，夜有所夢」，生命歷程裡最令人銘刻不忘且感動的事，往往是那些已被歲月塵封，卻因心靈顫動千形萬象一幕幕呈現出來的夢。白居易筆下的商人婦「夜深忽夢少年事，夢啼妝淚紅闌干。」是一種遲暮美人無奈的感慨；而詩人杜牧「十年一覺揚州夢」，卻有輕擲少年光陰的悵惘。唐人李公佐寫淳于棼南柯一夢，沈既濟寫盧生夢醒黃粱，所謂榮悴悲歡，不外只是短夢一場。

東坡說得好：「世事一場大夢，人生幾度秋涼。」（〈西江月〉）浮生似夢，聚散如夢，其實歷史朝代的興替不也是一齣齣的夢？「三百年間同曉夢，鍾山何處有龍盤。」當年建都金陵的各朝各代，到頭來賸下的只是狐蹤

歷史說漢字

春秋晉景公罹患重病時曾做過噩夢，他夢見有二個童子在對話，其中一個說很害怕名醫高緩，另一個則老神在在地說只要躲在膏和肓，高緩就束手無策了。果然，高緩診斷病情後，表示病情已侵入到膏肓，已經無藥可治了。

兔穴，禾黍高低，和遠近不盡的官塚，無怪《桃花扇》那一曲〈餘韻哀江南〉會「將五十年興亡看飽」。

說起「夢」來，幾乎沒有人不曾做過，甚至有許多人還認爲那是一種吉凶的預兆，春秋時代就有「太卜」之官，專門負責占夢，解釋夢中境象。《左傳．成公十年》記載晉景公屠殺趙括全族，後來夢見厲鬼向他大喊，以致受驚成病，派人去秦國請名醫高緩，但醫生未至，他在夢中又見到兩個童子，其中一個說：「高緩是個名醫，他來了，我們逃到哪？」另一個說：「藏在肓之上，膏之下，他又有甚麼辦法。」等到高緩來了，爲景公把脈，說：「病已侵入膏肓，沒法治療了。」後來景公果

漢字與成語

- 夢幻泡影：比喻空虛而易破滅的幻想。
- 夢魂顛倒：比喻心神恍惚，失去常態。
- 夢寐以求：形容非常熱切的願望。
- 夢筆生花：比喻文思豐富，寫作詩文的能力愈來愈精深。

眞發病，出恭跌進毛坑裡淹死了。

殷高宗曾經做過一個夢，夢見賢臣隱於版築，醒後派人訪求，果眞得到傳說，成爲他的輔佐之臣，似乎許多的戲曲小說，也都以夢做爲全書情節的發展線索，因此「夢」在我國的文學作品屢見不鮮。相傳清代的金聖歎甫弱冠至杭州西湖「于忠肅（謙）祠」祈夢，是夜夢見大木直立參天，無一枝葉，上立一鳥，悟爲「梟」字。他批《三國》，也夢見關公送他一車黃金，「金」與「斤」諧，斤即斧斤，意謂受刑。自忖一生必無殺人獲罪之事，於是放浪形骸，不圖進取官事攖刑，但仍不免押赴刑場的命運，夢境之兆，有時也令人不得不信。

所以，古籍中對這一類的記載是頗多的，婦

漢字小常識

中國人自古以來便有所謂的「解夢」。人們相信夢見熊或龍，是生男丁的吉兆；夢見蛇或鳳，是生女孩的吉兆；如果夢見日、月將生下大富大貴的子孫。比較不可思議的是，夢見屍體或棺材入門，是做大官和發大財的好夢。

人若是夢見熊羆、蒼龍，便生男孩；若是夢見了虺蛇、彩鳳，則生女孩；如果夢見了太陽、月亮，就會生下富貴之子，李白的母親因爲夢見太白金星，所以爲他取名太白；岳飛的母親則因生他時夢見天上的大鵬鳥，所以爲他取了「鵬舉」，象徵這孩子將來鵬程遠大……。

同時，文學家也以夢來渲染某人才思橫溢的緣由，據《開元天寶遺事》的記載說：李白少年時曾經夢見自己所用的筆頭生花，後來天才洋溢，名聞天下。而梁朝江淹年輕時，也曾夢見有人送他一支五色筆，從此文思曉暢，詞采燦爛，後來又夢見一個人，自稱是晉朝郭璞，向他討回了這支筆，此後便再無佳句，人稱「江郎才盡」的典故即由此而

歷史說漢字

「莊周夢蝶」一文裡，莊子夢見自己變成了蝴蝶，夢醒後發現自己仍然是莊子，他思考著到底自己是變成蝴蝶的莊子或變成莊子的蝴蝶？莊子藉由「夢蝶」提出物化的觀念，也就是物體可任意變化可任意隨物賦形，眞實和虛幻是無法區分清楚的。

來。至於殫精竭慮，過於疲倦，往往也會造成夢境，《桓譚新論》的〈袪蔽〉篇說：揚雄承詔作賦，思慮勤苦，大傷元氣，寫好便睏伏小臥，夢到他的五臟六腑全部嘔出在地，只好一一收起塞回肚子，隨即驚醒，喘氣恐懼，整整病了一年，這恐怕就是個人身體衰弱所引起的原因了。

談到莊子的夢，則掃除迷信的色彩，他的夢蝶之說：「昔者莊周夢爲胡蝶，栩栩然胡蝶也，自喻適志與！不知周也。俄然覺，則蘧蘧然周也。」完全在說明「物化」之理，在此，莊周不必是莊周，而蝶也未必是蝶，這人生大夢之中，他可任意隨物賦形，甚至不要形，我們又何須黏滯他到底夢些甚麼呢。「百歲光陰如夢蝶，重回首往事堪嗟！今日

穿越時空看漢字

夢是形聲字

甲骨文　　金文　　戰國文字　　小篆

春來，明朝花謝；急罰盞夜闌燈滅。」這是元人馬致遠在〈秋思〉一曲中洞徹人生的警語，直可令人玩索再三。

「夢」，是一個爲求書寫方正之美的形聲字，在《說文》中从夕瞢省聲。「省」就是把「瞢」字的「目」筆劃省去，然後才合爲「夢」字，原意是「不明」，並無做夢的意思。眞正做夢的「夢」，根據段玉裁的解釋，應是「㝱」字，二字皆屬古音第六部，後者以筆劃繁複，遂不爲人習用。

夢有時也可一解鄉愁。試看南唐李後主被俘以後的詞，豈不是常以夢境來暫時抛開一切現實的枷鎖，閑空的時候，他的思緒隨著夢回到故國家園：「閑夢遠，南國正芳春……閑夢遠，南國正清

詩詞品漢字

簾外雨潺潺，春意闌珊，羅衾不耐五更寒。夢裡不知身是客，一晌貪歡。　獨自莫憑闌！無限江山，別時容易見時難。流水落花春去也，天上人間。／南唐・李煜〈浪淘沙令〉

秋……。」；「多少恨，昨夜夢魂中。」；「夢裡不知身是客，一晌貪歡。」戲曲小說也常以「夢」字命名，如：呂洞賓黃粱夢、同夢記、異夢記、櫻桃夢、梅花夢、揚州夢、風流夢、紅樓夢……皆是，當然，明代湯顯祖的《玉茗堂四夢》：還魂記、邯鄲記、南柯記、紫釵記，最為人熟知。英國大文豪莎士比亞還有個中外皆知的名劇《仲夏夜之夢》，看過的人，相信是畢生難忘的。

江湖夜雨十年燈──說燈

燈有時是很美的。尤其是人到了感情激越的時候，情牽於物，便深深地顯示出情味來。「眾裡尋他千百度，驀然回首，那人卻在燈火闌珊處。」的確，人間一世有太多失落，然而，驀然思之，不論失落是甚麼，卻往往能在朦朧中喚回。黃山谷的「桃李春風一杯酒，江湖夜雨十年燈」（〈寄黃幾復〉），為他喚回的是十年不見的想念；而唐玄宗夜半失眠，孤燈挑盡，卻使他神凝魂銷，悄然思懷於深愛的貴妃。此時此境，你可知他牢籠了多少往事與感情！

說起燈，沒有人會不知道，除了它是日用必需之外，還因為「燈」與「丁」諧音。過去家家戶戶為求人丁興旺，門口多有「字姓燈」懸掛，燈籠

歷史說漢字

民間傳統習俗上生男丁要在門口掛一盞燈，以慶祝添丁之喜，因爲「燈」、「丁」音近，添「燈」即寓意添「丁」。古人送禮也愛送燈籠，祝福對方步步高「登」，「登」，有升的意思，「登」又與「燈」同音，可見中國人的智慧和豐富的想像力。

上寫著這戶人家的姓氏，而家中若生了男孩，也必會在門口掛上一盞燈，以慶祝「添丁」之喜。一般送禮有人送燈，暗示對方官途步步高「登」，由「燈」而「登」，這裡面蘊涵著文化複雜多面的特性，也使我們看見文化的可愛豐富。宗教方面，民間每年農曆七月的放「水燈」，把一座座如船一般的水燈放入河中漂流，據說如此，水中亡魂便可乘坐水燈到陸上赴宴，得獲超昇，因此水燈漂得愈遠，便象徵接引亡靈，普渡眾生。而日光燈、水銀燈，這是現代人每天不可缺少的一樣東西，但是這光亮逼人的燈，似乎怎麼也不會令人感到詩意，唯有柔和朦朧的燈，才能使我們把空間意識轉化爲時間歷程，去悠游那飄逸自得的心靈獨立。

漢字與成語

- 燈火通明：形容燈光很明亮。
- 燈紅酒綠：形容奢華糜爛的生活。
- 燈蛾撲火：比喻自己招來禍害。
- 人生如風燈：人的一生猶如風中的燈火。比喻生命的脆弱。

因此，當我們講到了孔尚任的〈餘韻哀江南〉中「罷船燈，端陽不鬧」時，彷彿見到舊日秦淮河裡妓船，每逢端陽掛著綵燈在河心蕩漾的景象；而讀到《長生殿》中〈雨夢〉一齣：「今夜對著這一庭苦雨、半壁愁燈。」、「人獨坐，廝湊著孤燈照也。」一霎時也隨著明皇露冷風涼，即景傷懷。燈爲我們訴說了太多聚散離合，死斷生絕。

然而，燈也同樣透露凸顯、折射出典雅點蕩的心靈覺醒，翁森的「近牀賴有短檠在，對此讀書功更倍。」（〈四時讀書樂〉），說明他對那一盞光明莫名的深愛，「澄澹精緻，格在其中」，因之交滲相融，使得他加快了閱讀的節奏，遼闊地無心成化了契合與和諧廣大。張繼的「江楓漁火對

穿越時空看漢字

燈是形聲字

異體字

愁眠」，可以說是由漁燈浮現一層深深的憂鬱或困頓，但何嘗不是安頓了他的情緒與感覺，於是鬆懈心中的衝盪，使他閒逸悠遠的眠於舟中。

即如此，燈是能夠使人揚棄世俗的，不論那是天燈、銀燈、孤燈、漁燈、秋燈、書燈、九技燈、雁足燈、愁燈，人終於可以藉著燈燭，點燃內心的生命之火，使它們成爲一盞不滅的歷史之燈，甚至生命之燈，然後回歸於心靈澄澈之境。而它當然也是文學之燈、義理之燈！

「燈」是一個後起的形聲字，《說文》並未見著錄。過去，燈是燒油的，窮人家用不起，因此才會發生晉朝車胤、孫康螢窗雪案照讀勤學的故事。又戲劇裡有一齣《寶蓮燈》，講的是書生劉彥昌上

漢字小知識

中國有各式各樣的燈，因用途不同名稱各異，有天燈、漁燈、水燈、雁足燈（漢朝的宮燈，因燈座刻有雁足形狀而得名）……。其中水燈是農曆七月十五日中元節施放的河燈，人們藉著燈光，集聚水裡的孤魂野鬼，指引他們來到陽間接受普渡。

京趕考，途中遇到蟒精阻路，爲二郎神之妹三聖母以寶蓮燈搭救，然後二人意投生情，相愛結合，生子沈香，二郎神知妹動凡心，大爲震怒，於是將三聖母押回金母（西王母）處，後來劉彥昌復娶丞相之女，生子秋兒，二子打死秦太師之子秦官保，乃前往抵命，遭人打死，卻爲神仙所救，沈香並以寶斧劈山救母，母子團圓。這齣戲由於皆是神仙救難，故又稱《神仙世界》，可算是以「燈」命名的戲特殊的一齣了。此外，流傳民間的蘇州彈詞也有用「燈」爲題材的〈看燈〉一曲：

> 來仔三十二節一條大龍燈，節節燈上亮晶晶，撐出種種花樣景：疊元寶、豎蜻蜓、搶明珠、打翻身，

歷史說漢字

中國歷史上最懂得放燈的莫過於三國時期的諸葛孔明。據說孔明與魏國大將司馬懿對峙，他知道司馬懿會觀天象，便發明了天燈，讓燈飄浮於空中，造成錯誤的星象訊息，用來欺騙司馬懿大軍，所以天燈也叫「孔明燈」。

張牙舞爪，好像活格龍！一團和氣燈，二龍戲珠燈，三星高照燈、四季平穩燈，五穀豐收燈，六月荷花燈，七層寶塔燈，八仙過海燈，九節連環燈，十面埋伏，鬧盈盈……

通俗易懂，允爲民間戲曲說唱之佳作。

而自古以來最有名的「燈」，當屬《老學庵筆記》中所記載：「田登作郡，自諱其名，舉州皆謂燈爲『火』。上元放燈，吏人書榜揭於市曰：『本州依例放火三日。』」的那句成語了：「只許州官放火，不許百姓點燈」，中國式的風趣幽默，值得我們莞爾會心一笑！

一曲瑤琴清雅韻—說琴

人的一生能有一個知己就足夠了，兩個，就算很多，三個，那幾乎是不可能的事！

《列子．湯問篇》敘述俞伯牙和鍾子期的故事說：「伯牙善鼓琴，鍾子期善聽。伯牙鼓琴，志在高山，鍾子期曰：『善哉！峨峨兮若泰山！』；志在流水，鍾子期曰：『善哉！洋洋兮若江河！』伯牙所念，鍾子期必得之。」在此，伯牙的琴藝高妙，在聽覺上形成了一種深刻雋永的再創作，於是鍾子期這位知音仔細指向樂音深層的內涵，掌握伯牙神采飛動的精妙處。但是，「知音難求」，一場成功的藝術傳達，並不是人人皆可陶融，所以《呂氏春秋》才有伯牙後來爲子期之死破琴絕弦的記載，「伯牙絕弦」一典即出於此。

漢字的智慧

琴，是有生命、有情感的，琴奏的意境展露了心靈與宇宙的深遠內涵，使琴在喜怒哀樂的交滲相融中有了雋永的內在生命。因爲如此，所以有伯牙鼓琴，知音鍾子期聽琴聲即能深得其趣的美談。

據說，伯牙學琴於成連先生，而成連的先生在蓬萊山，成連與伯牙同往，既至，叫伯牙暫候片刻，由他自往迎先生。伯牙久候不見歸返，近望無人煙，但聞海水奔騰，山林幽寂，群鳥悲鳴，於是愴然嘆息，取琴而歌，名爲〈水仙操〉，後來，歷史上記載他的琴藝，說是使得六馬仰秣；而師曠的彈琴，卻以音韻上的處理，給人有冬夏不同的感覺，這都是琴奏的意境展露了心靈與宇宙的深遠內涵，使琴在喜怒哀樂的交滲相融中有了雋永的內在生命。

漢朝的蔡邕，一次應鄰人之邀，前往吃酒，走至鄰家門前，聽見裡面的琴音帶有殺心，於是不入而回。鄰人久候不見蔡邕，於是自往問邕，說明

漢字與成語

- 焚琴煮鶴：比喻非常殺風景的事。
- 琴心劍膽：比喻既有情致又有膽識。
- 琴棋書畫：古人指各種風雅的事。
- 對牛彈琴：比喻講話不挑選對象或對不懂道理的人長篇大論。

緣由之後，彈琴的說：「我彈琴時，見一隻螳螂正在捕蟬，而蟬將要飛走，我心中惟恐螳螂失去蟬，難道這樣一個心情也表現在琴聲中嗎？」，由此可知，琴的確能夠表現人的情緒，說明白些，也就是寄託人心中的「靈心慧意」，而藉著勻整的節奏給人一種超然的美感。晉朝崔豹的《古今注》記載著這樣一個故事，說是齊宣王時，處士牧犢子年七十歲無妻，一次外出樵柴，見雉鳥雌雄相隨，於是心中悲傷，取琴而彈，作了一曲〈雉朝飛操〉；而《琴操》一書也記載王昭君思鄉愁怨，作了〈昭君怨〉。似乎每一首琴曲背後，都有一個動人心弦的故事。中國人用琴來調融生命的弘思高情，可由想見一斑。

歷史說漢字

歷史上擅長彈「琴」又多情的人屬漢朝的大才子司馬相如。有一天，他與任縣令的好友王吉到大富豪卓王孫府上作客，故意彈了一曲〈鳳求凰〉挑逗卓家的千金小姐卓文君，兩人一見鍾情，成了文壇上的佳話。

漢代的司馬相如是最懂得用琴音來表達自己的，《史記》本傳說他以琴奏挑勤卓王孫的女兒文君，以致文君竊從戶窺探相如，心悅而好，當夜與他私奔。無獨有偶，戲曲《玉簪記》的〈琴挑〉一折，小生潘必正就用了這個方法，彈曲〈雉朝飛〉去挑逗道姑陳妙常。而明人孫梅錫的《琴心記》寫的正是司馬相如演奏〈鳳求凰〉去追求卓文君的故事。文人雅士與琴淵源之深，成為生活中的一部分，是有相當悠久的一段歷史了。

琴，就是古琴。琴與箏在外型上有些類似，它們同樣有長形的共鳴箱，古時琴瑟並稱，箏便是由瑟演變而來，可是箏有十三弦，琴僅有七弦，箏的每根弦下置有一個活動的柱，琴是沒有柱的，琴只

穿越時空看漢字

琴是象形字

戰國文字

小篆

在琴身上用貝殼點出十三點「徽位」。琴長三尺六寸五分多，象徵一年有三百六十五又四分之一天，至於質料，琴材以梧桐木爲佳，東漢的蔡邕有一回看見吳人把一塊桐木拿來燒飯，他知道這是一塊良木，於是要來做成琴，果有美音，而琴尾還帶焦痕，因名此琴「焦尾」。目前古琴製作已瀕失傳，老的琴還被視爲名貴無價的骨董，數量不多，有些琴底還存銘文，是用來瞭解傳統文人巧思，澄澈世俗塵埃極好的文化遺產，因爲它們不但是藝術，更是生活！

琴是一個象形字，《說文》謂其作於神農之時，當時只有五弦，到周代時才又加上二弦，其實，《詩經》裡就有琴曲，如〈關雎〉、〈蓼

漢字小常識

相傳古琴是伏羲氏發明的，他經過一片茂密的梧桐林時，因走累了便坐下來歇一會兒，無意中看見一隻美麗的鳳凰棲息在樹上，伏羲氏靈機一動，砍下一株梧桐樹，製成了古琴。後來，古琴流傳下來，也叫琴、玉琴、瑤琴……。

莪〉、〈騶虞〉、〈鹿鳴〉都是，目前可彈的古琴曲，雖然大約只有五十餘首，像〈歸去來兮〉、〈梅花三弄〉、〈湘江怨》、〈陽關三疊〉、〈幽蘭〉、〈平沙落雁〉、〈漪蘭操〉、〈流水〉，而前人所留下的古琴資料，如琴史、琴譜、指法、音律方面的書籍卻是汗牛充棟，偌多的文化結晶，我們實在沒理由遺棄它，如果能由現代的整理，使失傳已久的太古遺音重現那燁燁光輝，將是多令人欣喜的事！

萬金寶劍藏秋水─說劍

劍，在中國武俠世界裡，往往是出人想像，玄之又玄的。許多稗史小說流傳了千千萬萬的劍俠傳奇，有時，劍能電漩星飛、舒卷風雲；有時，卻也靜似凝光、藏若掩月，一把寶劍的神威，最能表現在它超乎自然的那股魔力上，因此寶劍出鞘，往往就逼射出一種浩氣，一把光輝晶瑩如霜的寶劍也能降魔除妖，潛藏無限的力量。

荀子曾在他的書中〈性惡〉篇提到古代名劍：「桓公之蔥、太公之闕、文王之錄、莊君之曶（音ㄏㄨ）、闔閭之干將、莫邪、巨闕、辟閭，此皆古之良劍也。」〈議兵〉篇亦將精銳的部隊比之爲劍，文云：「仁人之兵，聚則成

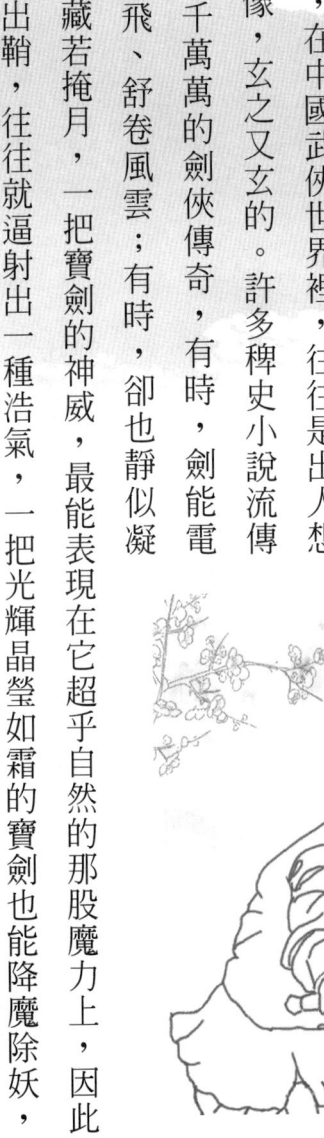

漢字的智慧

如果，詩文是文人生命的告白，那麼劍就是俠士生命張力的表現。劍可以發揮劍士的性格、豪勇，而將他心靈極深的衝盪層逼出來。在倏忽之間，捕捉到迅速變化中維妙唯肖的過程與生命的節奏。

卒，散則成列，延則若莫邪之長刃，嬰之者斷，兌則若莫邪之利鋒，當之者潰。」《莊子》〈說劍〉篇將劍分爲天子劍、諸侯劍、庶人劍，便是由劍道上加以區分，而賦予它們不同的精神風貌。

如果，詩文是文人生命的告白，那麼，劍就是俠士生命張力的表現了。劍可以發揮一個劍士的性格、豪勇，而將他心靈極深的衝盪層逼而出，那種冷寒的晶瑩中，使我們獲得體認的將不是刀劍鋒利的嗜血功能，而是倏忽之間，捕捉到迅速變化中唯妙唯肖的過程與生命的節奏。《歷代名畫記》曰：「開元中，將軍裴旻善舞劍，道玄（吳道子）觀旻舞劍，見出沒神怪，既畢，揮毫益進。時又有公孫大娘亦善舞劍器，張旭見之，因之爲草書。」在

漢字與成語

- 口蜜腹劍：形容嘴巴說得很好聽，內心很奸險的小人。
- 劍拔弩張：形容情勢緊張，一觸即發。
- 劍膽琴心：比喻既有過人的膽識又有溫柔的感情。
- 揮劍成河：形容才華洋溢，神通廣大。

此，「劍器」是古代一種武舞，跳舞的女子扮上男裝，空手而舞，並不是眞的有刀劍在手，但催絃急管之中，「耀如羿射九日落，矯如群帝驂龍翔，來如雷霆收震怒，罷如江海凝清光。」無怪乎詩聖杜甫會在〈觀公孫大娘弟子舞劍器行〉對它的節奏頓挫如此形容，而眾多書法家在觀舞之後，竟也由肢體語言拋出的訊息，悟出肆意揮灑的規律，而酣暢於龍蛇縱橫的筆意之間了。

相傳，古代鑄劍的權威是春秋時代的越國人歐冶子，他曾在福建松溪縣南的湛盧嶺上，鑄成一把「湛盧劍」，此後又在浙江龍泉的劍池湖山上，鑄造鈍鈎、勝邪、魚腸、巨闕等劍，每把劍皆是淬礪光寒，鋒利無比，尤其是「魚腸」一劍在民間流傳

歷史說漢字

「專諸刺王僚」是《史記》〈刺客列傳〉裡一段很有名的故事，相傳鐵漢子專諸藏在烤魚肚子裡的「魚腸劍」，是春秋時期的鑄劍達人歐冶子親自打造的，歐冶子鑄造了很多寶劍，包括：湛盧劍、勝邪劍、巨闕劍等等。

「專諸刺王僚」故事中，是柄藏在魚腹內的匕首，專諸趁著將魚剖開的一剎那，抽出寶劍刺死王僚，而使公子光奪回政權，成為後來吳國的中興之主闔閭，雖然魚腸劍有人說是闔閭登基之後才命歐冶子鑄造的，然而這一說法仍無法推翻深入民間、根深柢固的英雄傳奇，於是魚腸劍便在歷史舞臺上有著不可磨滅的地位。

談到鑄劍，民間流傳著一個悲壯的故事：吳王闔閭命干將鑄劍，在冶鑄的過程中，鋼鐵在熔爐中發生不熔化的現象，干將心急如焚，卻又一籌莫展，他的妻子莫邪一旁問道：「夫神物之化，須人而成，今夫子作劍，得無其人而後成乎？」干將曰：「昔吾師作冶，金鐵之類不銷，夫妻俱入冶爐

歷史說漢字

春秋時期有對夫婦叫干將、莫邪，兩人以鑄劍聞名。相傳吳王闔閭命令干將限期鑄造二把上等的寶劍，但鋼鐵一直無法鎔化。後來妻子莫邪聽說要有人跳入火爐內才能鑄造出寶劍，便縱身一躍，只見鐵汁汩汩流出，終於鑄造出雌、雄寶劍。

中，然後成物。」莫邪聽罷，立即躍身爐中，於是金鐵熔了，兩柄曠世無價的寶劍誕生，一雌一雄，陽曰干將，雌曰莫邪，也爲這天地間增添了不少神秘色彩。即如此，劍往往以雙劍姿態出現，據說西晉時的張華與方士雷煥，發覺常有紫氣見於斗牛之間，雷煥善於觀氣，乃說：「是寶物之精，上徹於天耳，在豫章豐城。」由是張華補雷煥爲豐城令，雷煥乃掘獄基，得一石函，中有二劍，一曰「龍泉」，一曰「太阿」，當夜，斗牛間不復見紫氣，後來二劍爲兩人各持一柄，不久張華的劍卻無緣無故失蹤，雷煥說：「靈異之物，終當化去，不永爲人服也。」雌雄雙劍，終當相合。這眞能說是寶劍有靈了。

穿越時空看漢字

劍是形聲字

金文

戰國文字

小篆

因此，由劍之靈，使人聯想到它是能夠傳達威力的，也即由此，民間流傳以寶劍驅除妖魔，《淮南子》一書就提及「拔劍倚戶，兒不夜驚。」的說法，所以不但武俠帶劍，就連一般文人也有佩劍的習慣，李白不是「長嘯倚天劍」，而屈原也「帶長鋏之陸離」嗎？相傳曹操還擁有「倚天」、「青虹」二劍，一世英雄，由之更看出他生命內具有的飛揚性質，無怪寰宇定乎其手！

劍是一個形聲字，在《說文》中指的就是人隨身所攜帶的兵器，也有人指匕首一說的，不論其事如何，但足見當時人們身佩刀劍是極普通的事情。

而最令人能夠感悟深思的劍，當數春秋時代吳國季札掛於徐君墓樹前的那把劍了，生前的以心

漢字小常識

「劍獅」是一種避邪物，其由來相傳是鄭成功攻打荷蘭人時，在盾牌上加了猛獅圖騰的鐵板，增加防禦力。士兵們返回家鄉，把獅面盾牌掛在牆壁上，刀劍則插入獅面的牙縫鐵勾裡，乍看下很像獅子咬著劍。後來，台南人爲紀念鄭成功，便在屋外雕塑劍獅，祈求平安。

相許，絕不因死而稍有移異，你可由這劍看出中國人重情、重義，以及不惜一切，至情祇酬知己的心情，雖是已離我們兩千多年，然則卻一點也不遙遠，因爲那正是我們所懷想的心靈之劍！

傳燈續火不寒食—說火

一般人對鑠石流金的火都有恐懼感，因此像「水火無情」、「星火燎原」、「殺人放火」、「漫天烽火」、「飛蛾撲火」、「野火燒不盡，春風吹又生」的說法屢見不鮮。而《說文》裡敘述火的本意就是毀滅。其實，火除了這些，也爲人類帶來了亮度溫度，在寒夜更深，圍爐夜話或圍著營火時，熊熊火舌給人的感覺必定是一種獨特的溫暖；而在萬籟俱寂的夜裡，燃上一支蠟燭，又或許使你隨著柔和搖曳的燭光，走入一個深邃的世界……。

在祭典中，當烈火吞噬一座燃燒中的王船，紙灰飛揚，熱氣氤氳帶著萬千信徒的心願昇天遠去，人們不會爲價值昂貴的王船心存絲毫惋惜，原因是它早已隨火光幻化

漢字的智慧

- 火，爲人類帶來了亮度溫度，在寒夜更深時，熊熊火舌給人的感覺是一種獨特的溫暖。
- 生命歷程的短暫一如泡影，彈指間生死榮枯，瞬間寂滅是極自然的現象。

成維繫人心的民間信仰。而穿梭於莊嚴寶像前焚香膜拜的善男信女，焄蒿悽愴，那香火繚繞正傳遞他們喃喃不斷的祈求憧憬，當香煙緩緩昇起的一剎那，人性也就完全寄託安頓其中！

如果我們承認生命的意義必須審視精神上的薪傳，《莊子・養生主》所說的「指窮於爲薪，火傳也，不知其盡也。」則是我們在這紛雜萬象中應有的懷抱。因爲，生命歷程的短暫一如泡影，彈指間生死榮枯，瞬間寂滅是極自然的現象。個人生命裡怦然心動的故事，在人間卻尋常微弱得激不起絲毫漣漪，因此，唯有「傳燈續火」、「薪盡火傳」才是生命繁衍的本相，也才是一個民族能夠歷久彌新的汩汩生機。

歷史說漢字

周幽王很寵愛冰山美人褒姒，有一天，周幽王放起烽火，各地諸侯以爲京城出事了，個個馬不停蹄地趕來，褒姒瞧見大家狼狽的模樣，高興地笑了起來。從此，周幽王爲了再求美人一笑，便以放烽火爲樂，結果，這一把把烽火將周幽王推向滅亡的深淵。

遠古時代，人類就已知用火，燧人氏不過是個代表性人物，由於燃燒火炬可以傳達訊息，所以廣泛運用於軍事方面，話說西周末年，幽王爲求皇后褒姒一笑，放起烽火，諸侯以爲京城出了亂子，一個個率領部隊趕至，狼狽不堪，褒姒拍手大笑，幽王卻大爲高興，但因此埋下了國亡被殺的禍根。到了春秋時代，晉文公爲尋找昔日與他流亡海外的老友介之推，放火焚燒綿山，不料卻燒死了隱居其中的之推母子，悲痛不已，後人感嘆介之推的遭遇，便在這一天禁止舉火，以爲紀念，謂之「寒食」。戰國時，齊人田單以火牛陣攻陷燕軍陣地，大獲全勝，從而光復國土，宋代人發明火藥，蒙古就藉此西征，將此一重大發明傳至歐洲，開啓近代人類科學進步的序幕。這都是有關火耳熟能詳的故典。

火是光明的，同時也是璀璨美麗的。如果同時用許多燈火懸掛造成一片燈海，發出耀眼的燈明火彩，構成的將是如何壯觀的景象！據說唐代睿宗皇帝是一位非常鋪張的君主，每年正月十五日元宵節晚上，必定紮起二十餘丈高的燈樹，上面點起五萬多盞燈火，號稱火樹，詩人蘇味道〈正月十五夜〉詩所謂「火樹銀花合，星橋鐵鎖開。」就是形容當夜這一美不勝收的輝煌景象，於是「火樹銀花」一語便拿來說明繁華鬧市燈火燦爛的情形，可謂最恰當不過。而白居易在〈憶江南〉裡描寫江南風景的「日出江花紅勝火」儷辭美句，則更能使人心頭油然相接於自然界這一片生意熱鬧，久久不能忘懷。

詩詞品漢字

- 火樹銀花合，星橋鐵鎖開，暗塵隨馬去，明月逐人來，遊妓皆穠李，行歌盡落梅， 今吾不禁夜，玉漏莫相催。／唐朝．蘇味道〈正月十五夜〉
- 日出江花紅勝火，春來江水綠如藍。／唐朝．白居易〈憶江南〉

漢字與成語

- 火中取栗：比喻爲別人冒險做事，自己卻得不到任何好處。
- 火急火燎：形容非常焦急。
- 火傘高張：形容天氣很酷熱。
- 火燒眉毛：比喻非常的急迫。

火也能指抽象的意念，例如一個人極爲憤怒，可稱其「火冒三丈」；說快速，則有「火速趕至」、「急於星火」；一個人做事過於偏離本分原則，就稱爲「過火」；太陽極爲熾烈，謂之「火傘」；東窗事發，就叫「紙包不住火」；而迫在眉睫，亟需處理就叫做「火燒眉毛」。其餘以火命名的事物亦復不少，例如火鷓鴣鳥、食火雞、火焰山、火燒島均是。

當然，描寫兩個人如膠似漆或至情深篤也能以火來形容。元代有個大書畫家趙孟頫的夫人管道昇筆意脫俗，才華洋溢。某次，松雪道人欲納小妾，乃以詩詞寄意試探，不料管夫人見後，遂也作一首詞答之：「爾儂我儂，忒殺多情，多情處，熱如

穿越時空看漢字

火是象形字

甲骨文

戰國文字

小篆

火。把一塊泥捻一個爾，塑一個我。我泥中有爾，爾泥中有我。」而崑曲《孽海記・尼姑思凡》中的小尼姑更是在長伴青燈，寂寞難守，看見人家夫妻雙雙對對，也唱出「不由人心熱如火，想逃下山去尋一個少年哥哥！」

火是一個象形字。火神的名字或謂祝融，或謂回祿，佛典之中，亦有佛祖圓寂後，納於金棺而發出的「三昧之火」，至於人的生理上亦有所謂的「火氣」，一般而言，這種生理上的現象多半是由於生活習慣失調與疲倦引起，只要注意調息就能痊癒。

最後，要提到的是一則「火印」的故事。民間流傳唐朝的韓愈因諫迎佛骨而貶謫潮州，當行至

歷史說漢字

相傳唐朝大文豪韓愈因被貶到潮州，途中遇大雪，馬也因酷寒而走不動。這時候，八仙過海之一的韓湘子及時趕來，施展法術，在馬腿打上火印，馬立刻有了活力。現在人們用燒紅的鐵器在馬腿上烙印記，是爲了識別用，印記的圖案也不相同。

藍關時，因適逢天降大雪，馬也因寒凍不堪，倒在地上，此時韓公姪孫韓湘子及時趕至，立刻施展法力，在馬的前腿內側打上一個火印，於是馬立刻站起，繼續將韓公送往潮州。從此，每一匹馬都有這個火印的標記，再也不怕天寒地凍的天氣，而能在雪地中行走。中國人對傳奇人物的隨形賦彩，使得人們感深意遠，眞可說得上是親切可愛！也使得浸潤其中的我們，至感興味盎然。

照見萬象知古今──說鏡

鏡子用於端正儀容，有時也用之避邪。自古以來，沒有人會說不知道鏡子，因爲，它的確與人關係密切。舉凡頌禱、酬酢、餽贈，鏡都扮演了重要的角色，而且，鏡也反映了中國神話故事種種多采的一面。

相傳，男女一般以鏡相贈，除了表明心跡，也盼望對方在臨鏡自照，想起昔日出雙入對的種種，所以古詩詞中不止一次提到。試看許棐的一首樂府，便以女子臨鏡比喻相思之苦：「妾心如鏡面，一規秋水清，郎心如鏡背，磨殺不分明。」這首詩，除了對比出男女愛情態度的執著與不屑，也道出男子辜負女子一片相思，致使女子憂鬱縈紆、摧肝折腸的一腔幽怨。清澄眞切的心意竟換不得對方肯定的表明，而任憑如何磨拭，也模糊得照不出形相，於是，盼念就

漢字的智慧

- 以銅爲鏡，可以正衣冠，以古爲鏡，可以知興替，以人爲鏡，可以明得失。
- 鏡若毋擦不明，腦若毋用不靈。
- 山山水水是一面鏡子，提醒人類要珍惜大自然，勿以爲人一定能勝天。

成爲了一種令人難耐的愁悶，而這一段人間戀情，便陷入無法挽回的失落。

其實，磨拭並不是喚回明淨光亮的途徑，如果它的本質並非澄澈，那麼，一切努力均是惘然。這使人想起了禪宗五祖弘忍傳法的兩個弟子神秀、慧能，他們一示「心如明鏡」，必須時時勤加拂拭乃能垢去鏡明；一示「明鏡非臺」，只要心境靜定，萬塵不沾。而這也說明了鏡面自是鏡面，人的根器稟賦亦有不同，若能五蘊皆空，妄念不起，又何嘗用得著拂拭呢？

但是，世間泥文拘字的人比比皆是，悟道未透，有相無心的人正復不少，於是便無所謂的明鏡，對所見不能來去自由，縱使萬般修爲，也不能

漢字與成語

- 鏡花水月：比喻虛幻、不存在的景象。
- 鏡裡看花：比喻看得到卻得不到。
- 磨磚成鏡：比喻因爲下錯工夫，以致一無所成。
- 豬八戒照鏡子——裡外不是人：比喻怎麼做都不令人滿意，有兩面爲難的意思。

夠去僞存眞，這便因其方寸只是鏡背，並非鏡面所致！

男子也用鏡，但所照的卻不是相思，而是逝者如斯的悠悠歲月，在此處，李白的「高臺明鏡悲白髮」與杜甫的「勳業頻看鏡，行藏獨倚樓」，都看出了人生無法逃離感傷的色彩，甚至煩惱塡胸，所以才會頻頻看鏡，企圖尋索失去的舊憶。然而，悲感萬端的原因乃在於人類一再想超越現世，可是白駒過隙，忽然而止，人還是依然故我，除了換來微不足道的虛榮，又有何得呢？

所以，李商隱的〈無題〉詩：「曉鏡但愁雲鬢改，夜吟應覺月光寒。」任憑一種莫名的愁思在寒夜的空氣中擴散。但馮正中的「日日花前常病酒，

詩詞品漢字

- 君不見高堂明鏡悲白髮，朝如青絲暮成雪，人生得意須盡歡，莫使金樽空對月，天生我材必有用，千金散盡還復來。／唐朝・李白〈將進酒〉
- 春蠶到死絲方盡，蠟炬成灰淚始乾。曉鏡但愁雲鬢改，夜吟應覺月光寒。／唐朝・李商隱〈無題〉

不辭鏡裡朱顏瘦」，卻以閒逸癡心於酒的一股迷情，予人一種仍在追求最愛的執著。同樣是鏡，但每個人的著眼不同，背景不同，由之就可分析個人的身世性格。於是，當秋風再度吹起，劉禹錫就在〈始聞秋風〉中一發「五夜颼颼枕前覺，一年顏狀鏡中來」的感慨；而也唯有經歷戰火的放翁，才能一抒「塞上長城空自許，鏡中衰鬢已先斑。」這種盼望王師北定中原的心情，在千古以下捧讀，仍使我們覺得字裡行間煥發無限悲憤！

鏡子象徵團圓，南北朝時，陳後主的妹妹樂昌公主才貌雙全，嫁與太子舍人徐德言，由於時局混亂，朝不保夕，於是夫妻兩人將一銅鏡劈爲兩半，各持一份，相約失散之後若干年的正月十五，於市

歷史說漢字

南北朝時期，陳後主的妹妹樂昌公主因戰亂與夫婿徐德言被迫分離，出走前，兩人各持半面鏡子當作信物，約定以後每年的一月十五日元宵節，拿著半鏡到市集打聽彼此的下落。幾年後，夫妻倆眞的靠著半面鏡子找到對方，實現破鏡重圓的美夢。

上訪求對方下落。後來陳朝果眞滅亡，二人在兵慌馬亂中失散，樂昌公主爲隋朝楊素所得，而徐德言輾轉流離，乃得到達京城。這年元宵節，一位官府僕人在街上以高價販賣半面銅鏡，德言拿出另外半面與之相合，可是當他知道妻子已經爲人所有，不禁感慨萬千寫下悲愴的心情：「鏡與人俱去，鏡歸人不歸，無復嫦娥影，空留明月輝。」後來楊素得知此事，便將樂昌交還德言，這就是「破鏡重圓」典故的由來。

而戲劇之中，還有一齣在福建、臺灣流傳極廣的《荔鏡記》，是說宋代泉州書生陳三，送嫂至廣南，途經潮州，元宵之夜出外賞燈，遇黃碧琚（五娘），互生愛慕。後陳三由廣南返，適逢五娘與婢益春登樓眺望，五娘便投荔枝手帕與陳三。陳三喬裝爲磨鏡師，故意打破寶鏡，入黃家爲奴，與五娘定情，但黃父已將五娘許配林大，林大逼親，於是陳三偕五娘、益春出奔，追求愛情的自由。這齣戲又名《陳三五娘》，在過去禮教森嚴的時代中，一度被視爲淫穢敗俗，遭到禁燬，其實，許多事情我們不能以儼然專家的心態干涉，否則，文化是會受到極大破壞的。

相傳，鏡能避邪。《太平廣記》卷二三○有一則〈古鏡記〉的小說，說隋朝大業年間的王度於侯生處得到一面「百邪遠人」的鏡子，降服了老狐、老猿，並使王度在做芮城令時，境內太平。而鏡是光明的，爲官清廉、斷獄精明的官吏，就有一

漢字小常識

中國人相信「鏡」能避邪，但也會攝人魂魄。古代修行高的道士除了手持桃花劍外，也會拿著八卦鏡收妖，那些作亂的妖怪一遇有法力的八卦鏡，都會顯現原形。

此外，古人迷信小孩子容易受驚嚇，房間裡不能擺太多銅鏡，以免照多了魂魄被吸走。

穿越時空看漢字

鏡是形聲字

小篆

句「明鏡高懸」或「秦鏡高懸」的成語用來形容。「鏡花水月」是一句形容詩句意境空靈的話，但也有用之於虛幻之意的。最是描寫美妙，令人驚嘆的則屬崑曲《牡丹亭・遊園》：「沒揣菱花，偷人半面」的句子，傳達出一種細緻優雅的少女情懷！

鏡是一個形聲字，本字爲「鑑」。鏡子可以照見種種，歷史正是一面最好的鏡子，可以鑑往知來；而朋友也像一面鏡子，從朋友身上，人往往可看見自己負面的種種，唐太宗的那句話說得好：「以銅爲鏡，可以正衣冠；以古爲鏡，可以知興替；以人爲鏡，可以明得失！」所以魏徵殂逝，太宗思念不已，君臣深厚之情，由之可見。

最後，要提及一則民間有關鏡的習俗，《紅樓

歷史說漢字

有一齣膾炙人口的經典戲曲叫《荔鏡記》，也叫《陳三五娘》，講書生陳三與黃府千金小姐五娘的愛情故事。陳三爲了追求五娘，喬裝爲磨鏡師，到黃家當奴僕。後來，五娘不願下嫁父親爲她安排的婚事，便與陳三出走，追求愛情的自由。

夢》第五十六回中有「小人屋裡不可多有鏡子，人小魂不全，有鏡子照多了，睡覺驚恐作胡夢」的說法，中國人由鏡能避邪而產生的禁忌，可以說得上是極端質樸與可愛了。

含情疏雨有聲詩 — 說雨

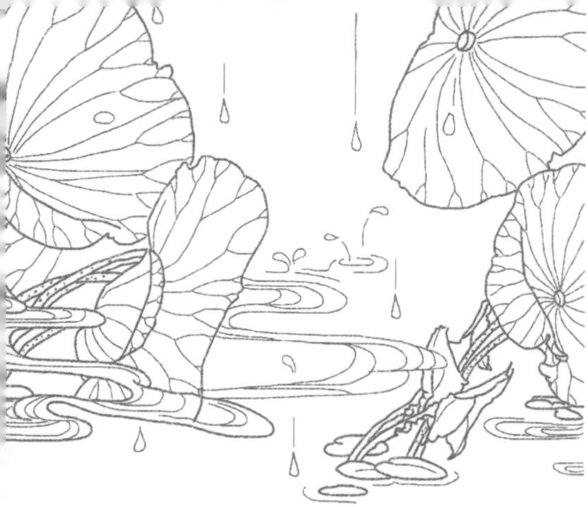

雨是可聽、可看、可寄託的。迷濛渾括的雨景和淘洗過的大地，往往可以使人觸發無數靈感。在中國文學的世界裡，也出現過無數以雨爲題材的作品。

聽雨，是種獨特的生活感受，不同年齡的人聽雨，體悟也會有淺深異同：

少年聽雨歌樓上，紅燭昏羅帳。壯年聽雨客舟中，江闊雲低，斷雁叫西風。而今聽雨僧廬下，鬢已星星也，悲歡離合總無情，一任階前點滴到天明。

詩詞品漢字

- 風飄飄，雨瀟瀟，便做陳摶也睡不著，懊惱傷懷抱，撲簌簌淚點拋。秋蟬兒噪罷寒蛩兒叫，淅零零細雨灑芭蕉。／元朝・關漢卿〈大德歌／秋〉
- 楊柳青青江水平，聞郎江上踏歌聲。東邊日出西邊雨，道是無晴還有晴。／唐朝・劉禹錫〈竹枝詞〉

對景思情，物我合一，然而它卻覷破了少年對生命的浪擲和漫不經心的態度；也透露一個老者對所賸無多時光的沉思無奈，那該是一種多麼千迴百轉的心情！

而一個人若是心事重重，也會特別將雨抹上一層感傷色彩：「船底江聲篷背雨，旅人聽得最分明。」這是一個漂泊異鄉的遊子在極端的空虛寂寥中，無法排遣所引發的感受。在秋風秋雨中，白晝秋蟬，夜晚寒蛩的鳴叫，無一不助長人心的悲切，所以關漢卿才會在他的小令曲中被「淅零零細雨灑芭蕉」傷懷得「撲簌簌淚點拋」。至於唐玄宗對貴妃的思念，更是將瀟瀟亂雨視爲一場噩夢，《長生殿・雨夢》那「冷風掠雨戰長宵，聽點點都向那梧

漢字與成語

- 五風十雨：每五天颳一次風，每十天下一場雨。形容風調雨順。
- 夜雨對床：比喻手足間親密和睦。
- 天要落雨，娘要嫁人：歇後語，與「半點不由人」連用。比喻無法阻止的事。

桐哨也。」生命悲情凝結爲一種時空的壓縮感，瞬間一切人事均成爲遙不可及的渴望與懷念，所以聲聲點點的雨彷彿就在他的枕邊，敲得他無法逃離痛苦的陰影。

原來，雨聲就是擾人的。「往事低徊風雨疾」（王鵬運．〈滿江紅〉），這種挾著萬馬奔騰之勢突來的狂飆疾雨，聽之眞令人內心波濤起伏，久久不能自已。而孟浩然的「夜來風雨聲，花落知多少」，特別能說明在一場暴風雨後，人們對萬物感慨情深的程度。

看雨，則是另一種情調。這眼前的雨，有些傾盆如注，有些如牛毛花針紛飛漫舞。

「對瀟瀟暮雨灑江天，一番洗清秋。」面對漫天翻飛有致的雨，你能無絲毫心靈的顫動？多少煙雨中的樓臺爲你訴說的不僅是時光流程，而是畫意哲思。「東邊日出西邊雨，道是無晴還有晴。」藉著迷離的雨，隱含情愛的雙關。在空濛雨景中，尤其是天際一彎乍現的彩虹，更是你與自然一道同心的便橋。雖然，渭城的朝雨，曾使人唱遍無數的陽關送別；潺潺的簾外雨，爲李後主訴說春意闌珊的訊息；霏霏的霪雨，則使得登上岳陽樓的范希文有去國懷鄉、感極而悲的淒愴，但是，在雨中漫步，體會到「沾衣欲濕杏花雨，吹面不寒楊柳風」、「雨絲風片、煙波畫船」、「斜風細雨不須歸」的人，亦不在少數。

因此，雨的本身就是一種美，端看你如何賦予

漢字的智慧

- 雨，是可聽、可看、可寄託的。聽雨，是一種獨特的生活感受，不同年齡的人聽雨，體悟也會有深淺異同。
- 久晴大霧必陰，久雨大霧必晴。

漢字小常識

雨，視雨量的大小分成：小雨，僅雨絲飄飄，還感覺不出雨水滴下來；大雨，指二十四小時內累積雨量達50毫米以上；豪雨，一天內雨量達130毫米；大豪雨：累積雨量達200毫米以上；超大豪雨：累積雨量達350毫米以上。

它生命。春雨貴如油，農人盼雨的態度與心情是一種大旱望雲霓的迫切。而身在煙水迷濛，一堤花柳的西湖，才會有東坡居士「山色空濛雨亦奇」那種掙脫一己牢籠，與大自然攜手同行、融入永恆的佳句出現。在西湖畔，更有動人心弦、深入人心《白蛇傳》遊湖借傘的故事，傳流千古。

雨也是可寄託的。「怒髮衝冠，憑欄處，瀟瀟雨歇。擡望眼，仰天長嘯，壯懷激烈。……」這是岳飛滿懷無限悲憤與收拾舊山河的素志宏願。「風聲、雨聲、讀書聲，聲聲入耳；家事、國事、天下事，事事關心。」一個昏晦的時代，這一段話給我們的啓發又是如何？古人云：「風雨如晦，雞鳴不已！」在悠悠長遠的歷史中，仁人烈士所曾經歷的

穿越時空看漢字

雨是象形字

甲骨文　金文　戰國文字　小篆

風雨環境，和亂世中「眾人皆醉我獨醒」的襟抱，正是今天許多青年欠缺的人生理想與信念。

「最難風雨故人來」，只有友情深厚，才有這樣濃烈而不消退的執著。本來，在我們的生命中就該萬般珍視舊有，這樣的生命才是永恆而悠久，才會顯得更有意義與深刻。

雨，是一個象形字。在《說文》中指的是從雲端落下的水珠子。一種極其尋常的自然現象，卻成爲古往今來無數作品中的題材與寄託，甚而使人悟出整副生命運作的道理。感受殊異氣氛時也不能離開雨，「姑妄言之妄聽之，豆棚瓜下雨如絲。料應厭作人間語，愛聽秋墳鬼唱詩。」《聊齋》中的雨，似乎永遠都與「鬼」連在一起，而令人冷凝陰幽，不知不覺感染了靈異世界的氣息。

最後，要提到自古以來最有名的「巴山夜雨」。四川的雨，大都是夜裡才落，天明則止，雨的徵兆也特別，「山雨欲來風滿樓」，一夜之中，深山萬壑流泉百道，竟是驚心動魄的大意境，也無怪乎李商隱的那首〈夜雨寄北〉能膾炙人口，在文學史上不朽了！

歷史說漢字

雨，對詩人而言總能激起心中的情感，宋朝大文豪蘇東坡說「也無風雨也無晴」，是一種豁達的人生觀；宋朝蔣捷因對人生歲月有其體悟，看透悲歡離合總無情，所以能「一任階前，點滴到天明」。

待得鵲橋年年渡——說橋

南宋畫家張擇端《清明上河圖》裡有一座橫跨兩岸的大橋，那座橋彎彎的，很像彩虹，也建得雄偉。

在中國古典庭園的造園藝術中，橋的實用性遠不如它呈現在複雜多樣樓臺亭閣裡的觀賞性和美妙；而在中國的山水畫上，橋也往往從畫面中帶出一股「山居之意裕如也」的悠閒，和「山靜似太古」的意境！野橋寂寞，遙通竹塢人家，這條小橋的跡轍委婉可觀，也即是畫者對整幅畫面風格的點染之處，隨著這段行程導引的方向，整體性的主題思想便有了遼闊的拓展。

「清江一曲柳千條，二十年前舊板橋。」在這首劉禹錫的詩中，橋跨越的是悠悠的時間歷程；而溫庭筠的「雞聲茅

漢字的智慧

- 人與人之間有一座無形的心橋，這座橋扮演的是心靈與心靈的溝通，使得彼此沒有嫌隙和距離，取得眞正的生活意趣。
- 對樂觀的人而言，未來只有造橋鋪路，沒有斷橋絕路。

店月，人迹板橋霜。」所傳達的構圖更是鮮明簡練。

除了這些木造的板橋，我國以前許多的「飛橋」泰半都用石頭砌成，所以有「隱隱飛橋隔野煙，石磯西畔問漁船，桃花盡日隨流水，洞在清溪何處邊。」之句。然而不論木造或石造，它總是在亭臺水榭的交相映襯下宛轉多姿，加上蔽蔭迎風，這小橋流水給人的感受往往就是一種永恆，這時候，一個人的心可以大大的開闊起來，然後又再靜靜的定下來，橋對洗滌心魄，是可以有如是效用的。

因此，橋有它的實用性，更有其觀賞性。橋在用途上當然是用來溝通的，人云：「修橋補路」，

詩詞品漢字

- 朱雀橋邊野草花，烏衣巷口夕陽斜。舊時王謝堂前燕，飛入尋常百姓家。／唐朝・劉禹錫〈烏衣巷〉
- 清江一曲柳千條，二十年前舊板橋。曾與美人橋上別，恨無消息到今朝。
／唐朝・劉禹錫〈楊柳枝〉

這是有形的橋。但是，人與人之間也有一道無形的橋，這座橋扮演的是心靈與心靈的溝通，使得彼此沒有嫌隙和距離，而相互的交融且致乎一體，語言、文字、藝術，均是這種媒介物，由於「心橋」的靈通，人與人之間取得眞正的生活意趣，並不是僅止於表象而已。

當然，橋也成了對歷史、人生感喟的媒介。一個詩人在放平心情體察宇宙萬象時，便會靜靜觀照四周，而從其中抽繹某種不可窮盡的沉思，凝成一份不變的牽繫或昇華：「朱雀橋邊野草花，烏衣巷口夕陽斜。」這是劉禹錫對舊日權貴中落覆滅的慨嘆，而姜夔「念橋邊紅藥，年年知爲誰生」，則藉著橋邊綻放的花草，與流轉無常的生命歷程做了

歷史說漢字

牛郎與織女在鵲橋上相會，是中國民間傳說裡膾炙人口的故事。兩人雖然相戀，但織女被迫回仙界，只能在每年的農曆七月七日，兩人在喜鵲搭成的鵲橋上見面。從此，人們對「鵲橋」充滿了浪漫的聯想，認爲是搭起愛情的橋樑。

一個意象鮮明比照。至若晏小山「夢魂慣得無拘檢，又踏楊花過謝橋」，古人送別的灞陵橋，馬致遠「小橋、流水、人家」，甚至張繼會將詩名定爲〈楓橋夜泊〉，無一不有蘊藏在他們詩句後面的心情。

傳說，天上也有橋，那就是七月七日牛郎織女相逢的鵲橋。雖是一年一度在喜鵲搭成的橋上相會，但這個故事卻看出中國人對於「有情人終成眷屬」一種積極的關切，更明示中國人對人生患難那種不畏磨折和承擔生命悲苦的勇氣。眾多神話告訴我們的絕不止是人生相，而種種添加於故事中的色彩，也無一不折射出足以啓發我們的深層內涵。

此外，民間也流傳一則信守諾言，死於橋下的

歷史說漢字

漢朝有位大將叫張良，相傳他曾在圯橋上遇見神秘老人，因爲他通過老人家三次丟鞋、穿鞋，以及提早赴約的考驗，老人家慨贈兵書，而使他通曉兵法，協助劉邦打敗群雄。這段圯橋上的奇遇故事，經過二千二百多年，依然被人們津津樂道。

故事。《莊子・盜跖篇》記載：「尾生與女子期於梁下，女子不來，水至，不去，抱梁柱而死。」後世戲曲於是發展爲《藍橋會》與《七世夫妻》的故事型態：敘述韋燕春爲金童下凡，賈玉珍是玉女投胎，一日，二人相遇，一見鍾情，遂約至藍橋私訂終身。是夜，韋郎期於橋下，風雨大作，竟淹死橋下，女後至，見韋郎爲己而死，亦投水而亡，二人靈魂升天，即爲第六世夫妻。

而秦代末年，豪傑起義抗暴，韓人張良在博浪沙行刺秦皇帝不成，隱姓埋名逃去，匿於下邳，有一回散步，在橋上遇見圯上老人，老人一連三次將鞋丟在橋下命張良拾回，爲其穿上，考驗他的耐性，最後送給張良一本兵書，而使張良成爲開國元動，北方評書裡的《張良三納履》說的就是這個故事。

穿越時空看漢字

橋是形聲字

戰國文字　　小篆

橋，是一個形聲字。《說文》指其本義爲水上梁，梁即橋樑，在古往今來的歲月中，橋不知溝通了多少事務，而其各擅殊態的型式，亦是不勝枚舉。此外在我們的生活周遭，還有許多與「橋」有關的典故，均是耳熟能詳，有人說：「我過的橋，比你走的路還多！」這種口氣，很驕傲自負，它的背面就是無知空泛。也有人說：「你走你的陽關道，我過我的獨木橋。」這種話似乎表現了此人一向獨來獨往，很有自己的想法作法，然而在人群社會不與他人和諧相處，亦是有所偏差。

當然，做人處事還該講求厚道，千萬不能對自

漢字與成語

- 橋歸橋，路歸路：比喻雙方關係分明，互不干涉。
- 船到橋頭自然直：比喻先不用焦急，時候到了問題自然能夠解決。
- 過河拆橋：比喻達到目的後，就疏遠曾經幫助過自己的人。用來譏人不知感恩。

己的朋友做出「過河拆橋」的事來，否則，別人認清了你的眞面目，下回就再也不幫助你了！

梨花一枝春帶雨──說淚

淚，是一種情緒的寄託，心思的反應。

有人說：母親的淚最珍貴，而情人的眼淚最美，淚的背後，時時也會有一個動人心弦的故事……。

話說西方靈河岸上三生石畔，曾有絳珠草一株，日日受神瑛侍者甘露之惠，方得久延歲月，後來神瑛侍者下凡投胎，絳珠草便發下誓言隨其下凡：「但把自己一生所有的眼淚還他，秋流到冬盡，春流到夏。」引出了林、賈一番動人的愛情，這便是《紅樓夢》裡黛玉對寶玉愛得深切、刻骨銘心的淚。

巡著夕陽中的滿城春色宮牆柳，唐琬與陸游相逢於南宋時代沈園的一角，瞬間，無限的回想縈繫了他們整顆心，幾年離

漢字的智慧

- 母親的眼淚最珍貴，情人的眼淚最美。
- 淚是寂寞的告白。
- 淚，像極斷了線的珠子，像雨，又像湧泉。
- 男人有淚不輕彈，只因未到傷心處。

索之情，道出了咽淚裝歡的愛情悲劇故事，「傷心橋下春波綠，曾是驚鴻照影來。」這是悵然之極的一種無奈，在這麼美的季節裡，爲什麼喚起了破滅的一段傷心？一款流曲，當〈釵頭鳳〉的樂音在耳畔響起，相信你必然也會爲這對離異戀人相見低語時的深情一掬同情之淚。

「淅淅零零，一片淒然心暗驚。遙聽隔山隔樹，戰合風雨，高響低嗚。一點一滴又一聲，一點一滴又一聲。」

崑曲《長生殿》裡，唐玄宗對逝去的紅顏哭得迴腸百轉，點點聲聲迸斷腸，淚水勾出了死亡的

歷史說漢字

春秋時代陳國有位美女叫息嬀，因嫁息國君王息侯，故也叫息夫人。後來，楚國滅了息國，息夫人遭擄，被迫嫁楚文王，但她對息侯戀戀不忘，所以始終不肯開口，每次賞花時總是淚流滿面。息夫人用淚水和無言表達自己堅貞的情意，以及對楚文王的抗議。

淒涼，在茫茫廣袤的天地中，人天永隔實在太遙遠了，無怪乎他會在〈哭像〉的那一齣裡，「把哭不盡的衷情」和貴妃「夢兒裡再細講」。

本來，生死永別就是悽愴的，如果又加上亡國之恨、身世之嘆，那就更令人同情。春秋時代有一位息夫人，國亡遭擄，被迫成婚，但至終不開口向楚王說一句話，「看花滿眼淚，不共楚王言」，滿眶的淚水說明了她懷念舊日息侯的恩情，因此以不說話來做無言的抗議，自始至終有她堅持的原則。一個歷經滄桑的人無奈無依，在忍辱偷生中所感受與承擔的人生孤憤，又該是如何沉重！

因此，淚是寂寞的告白，當一個人寂寞，感覺到自己空無一物，生命有限，但茫茫人海，卻無一

詩詞品漢字

- 前不見古人，後不見來者。念天地之悠悠，獨愴然而涕下。／唐朝．陳子昂／〈登幽州臺歌〉
- 執手相看淚眼，竟無語凝噎。念去去千里煙波，暮靄沉沉楚天闊。
  ／宋朝．柳永／〈雨霖鈴〉

人領會時，莫名的悲哀油然而生，陳子昂「念天地之悠悠，獨愴然而涕下」正是由這種歷史觀照引發內心的感傷，他對整個宇宙的感受畢竟不能麻木無感。「古來聖賢皆寂寞」，當項羽兵困垓下，手中只賸殘兵千餘，他體悟英雄事業原只是浪花泡影，人生成敗原來不是由自己力量就能決定，於是在這英雄末路的時候，夜飲帳中，唱出「力拔山兮氣蓋世，時不利兮騅不逝，騅不逝兮可奈何，虞兮虞兮奈若何！」的悲憤，泣數行下，悲壯淒惋。英雄本無淚，項羽之所以會忼然揮淚，即是一種哀慟志不得伸與心緒的悲愴。從這裡，我們也看出「英雄有淚不輕彈」的矜持，似乎就是古往今來英雄人物與常人最大的不同之處！

漢字與成語

- 淚出痛腸：形容情緒激動，極度悲痛。
- 淚如泉湧：形容很傷心難過。
- 淚眼愁眉：形容極悲傷痛苦的樣子。
- 淚乾腸斷：淚水已經流乾，柔腸寸斷。形容傷心欲絕的樣子。

所以，淚不應該是隨意拋灑的，你一定要在心靈上有萬般激盪時，才能哭、啜泣、流淚。「臨表涕零，不知所云。」這是諸葛武侯在出師北伐之前呈給後主劉禪，寄望漢室中興的一片忠忱，這是忠臣之淚；「銜哀致誠，言有窮而情不可終。」這是韓愈祭他的姪兒十二郎的句子；「哭汝既不聞汝言，奠汝又不見汝食，紙灰飛揚，朔風野大。阿兄歸矣！猶屢屢回頭望汝也！」這是袁枚對自己妹妹不盡的懷念與友愛；「感時花濺淚」是詩聖杜甫對時局的感發；而丘逢甲在〈春愁〉詩裡說的「春愁難遣強看山，往事驚心淚欲潸。四百萬人同一哭，去年今日割臺灣。」最能看出孤臣孽子懷念故土的深情。

穿越時空看漢字

淚是形聲字

泪
異體字

淚
異體字

淚，像極斷了線的珠子，像雨，又像湧泉，在歷史上，有離別的淚、懷鄉的淚、辛酸的淚、感身世坎坷的淚，也有憑弔傷感的淚。「故園東望路漫漫，雙袖龍鍾淚不乾。馬上相逢無紙筆，憑君傳語報平安」、「執手相看淚眼、竟無語凝噎」、「淚眼問花花不語，亂紅飛過鞦韆去」，都是膾炙人口的佳構，而白居易「江州司馬青衫溼」尤能傳達作者官貶閒職，鬱不得伸的感慨！

淚，是一個後起的形聲字，在《說文》裡，它的本字是「涕」字，因此早期的文學作品所見皆爲「涕泗」之類的句子。在古往今來的歷史歲月中，不論是聖賢能士或販夫走卒，在他們的生命過程中，都曾有流淚的經驗，有人留下了晶瑩輝閃的淚水，而給予後人迴腸盪氣的啓示，而你我是否也該眞正觸及生命本質，將之化於筆端之下。

最後，要提到一種特殊的淚，《述異記》中提到古代的鮫人「其眼能泣，泣則出珠」；《記事珠》並云：「鮫人之淚，圓者成明珠，長者成玉筯。」中國式神話的優雅美妙，值得我們深思再三。

歷史說漢字

據說在臺灣地區喪禮中帶頭痛哭，幫忙流淚的孝女是源自六十年代史豔文布袋戲，劇中有個叫白瓊的女子，身穿孝服流淚唱著弔唸媽媽的哀歌——噢，媽媽。因「瓊」字的閩南語發音近「琴」，後來這種幫忙喪家痛哭流淚的業者就叫孝女白琴。

癡情祇可酬知己—說癡

人生是一連串的成長，有痛苦，才能長大。小時候，我們只會和玩伴青梅竹馬，心思很是單純，然後漸漸長大，知道流汗播種的人最後才有收穫，這時，成長就是一種經驗了。

成長就好比石縫中的花草，石頭是那麼堅硬，但是花草仍然掙扎而出，去尋求頭頂上的一片天空，而我們的生命歷程，不也往往就像這個樣子嗎？有時候，我們也要求自己的生命裡有更多完美，可是這些完美的背後卻又必須經歷一連串的磨難苦痛，必須付出足以令人驚心動魄的代價。如果，一個人甘於付出這些代價，甚至毫無顧忌的去愛去恨，那麼，這便是一種承擔悲苦的執著，也就是一種

漢字的智慧

- 如果一個人甘於付出代價，毫無顧忌的去愛去恨，那麼，這便是一種承擔悲苦的執著，也就是一種癡情。
- 「至情只可酬知己」，癡情，不是隨便可以付出的，也不是隨隨便便可以給人的。

癡情了。

其實，世間最庸俗不過的就是情，因於庸俗的情，就不能夠提昇自己。但是，如果你明知這個道理，卻還要陷於其中，不斷深入，被一股莫名的力量牽引著，不由自主用自己生命的所有作爲賭注，去換取肯定的理想，無怨無悔，那麼，情也可以昇華爲至高無上的情操，不再是俗不可耐的俗情了。

話說在《紅樓夢》第一回裡有首〈好了歌〉，說到世間種種癡情，也明示出人們最難忘懷這些，內容分爲四段：

「世人都曉神仙好，惟有功名忘不了，古來將相在何方？荒塚一堆草沒了。」（其一）

漢字與成語

- 癡人說夢：指愚昧的人說荒誕無稽，永遠不可能實現的話。
- 癡心妄想：形容一心想著不可能實現的事。
- 癡男怨女：沉湎於情愛糾葛中的男女。
- 癡然如醉：形容非常沉醉。也作如癡如醉。

第一段說的是人們忘不了功名富貴、王侯將相，可是到頭來，將相也僅是人生的一場空幻罷了！接著，歌這麼唱去：

「世人都曉神仙好，只有金銀忘不了，終朝只恨聚無多，及至多時眼閉了。」（其二）

次段說人們忘不了財富，一輩子想盡辦法賺取，可是，生不帶來，死帶不去，錢多又如何呢？當兩眼一闔，能帶得走嗎？於是，歌便這麼唱去：

「世人都曉神仙好，只有嬌妻忘不了，君生日日說恩情，君死又隨人去了。」（其三）

歷史說漢字

宋朝大文豪蘇東坡愛竹成癡，其水墨畫多以竹子爲主角，曾云：「可使食無肉，不可居無竹。無肉令人瘦，無竹令人俗。人瘦尚可肥，俗士不可醫。」另外，宋朝詩人林和靖是標準的「梅癡」。他在西湖孤山種梅養鶴，人稱「梅妻鶴子」。

最後，〈好了歌〉道出了人生無奈的一面：

「世人都曉神仙好，只有兒孫忘不了，癡心父母古來多，孝順兒孫誰見了！」（其四）

這裡，歌詞點明傳統中國人「養兒防老」的觀念是不牢靠的，而嬌妻美妾、功名富貴，也僅是生命歷程的「雪泥鴻爪」，因此，一個人如果執意要癡心在這偌多金錢、地位、美妾、兒孫的追求上，便會有揮不去的愁，也將陷入無止無盡的空幻輪迴，永遠沒法擺脫人生世事所帶來的種種失落。似乎，一個人不該癡心於這些將會化爲烏有的世間法相，而所關懷的也不該只是庸俗不堪的情，而應

歷史說漢字

中國經典名著《今古奇觀》裡有位「花癡」的老頭兒，四處蒐購奇花異草，如果沒錢買，不惜脫下衣服典當，無論如何一定要買到手。當花兒快開時，他就樂得手舞足蹈，向花鞠躬，恭敬的說「花萬歲」，對花的癡情程度，冠絕古今。

癡心於另一種較崇高的理念追尋，至少，若能做到「衣帶漸寬終不悔，為伊消得人憔悴！」俗情才會化為癡情，也才將有一段鮮明、真實的感受，讓人們看出你所癡心的，便是操持你人生的那股力量。

而在歷史上、文學上，有許多癡情的例子。有人癡情於自然界的美景，用天真爛漫的赤子之心和活潑鮮明的個性，為自然譜出一個浪漫境界。宋朝的林和靖就是這麼一個例子，他在西湖孤山種梅養鶴，梅妻鶴子，成為了他終身的伴侶，他是一個標準的「梅癡」。此外，《今古奇觀》裡，還有一位嗜花如命的灌園叟，栽花種果，平日尋覓奇花異草，只要遇見賣花的有棵好花，無論有錢沒錢，一定買下，甚而脫了身上衣服典當了去買。他小

詩詞品漢字

爾今死去儂收葬，未卜儂身何日喪！儂今葬花人笑癡，他年葬儂知是誰？試看春殘花漸落，便是紅顏老死時。一朝春盡紅顏老，花落人亡兩不知。／清・曹雪芹／《紅樓夢》〈葬花詞〉節錄

心呵護每一株栽下的花草，清晨傍晚，逐一灌溉。若有花將開，不勝歡躍，他會暖壺酒、泡壺茶，向花深深作揖，先行澆奠，口稱「花萬歲」三聲，坐於其下，以石爲枕，自半含至盛開，未嘗暫離。花若謝，則累日歎息，常至墮淚，將枯葉裝入淨甕，深埋長堤之下，謂之「葬花」。園中之花，從不修剪，故茂林深樹，不少鳥雀在此住下。「小小茅屋花萬種，主人日日對花眠。」這種癡，癡得可愛極了，因此，人們都稱他是一個「花癡」。而《紅樓夢》中，林黛玉更是將飄落的桃花葬於園中，築成一堆小小的花塚，感花傷情，訴出了：「爾今死去儂收葬，未卜儂身何日喪，儂今葬花人笑癡，他年葬儂知是誰。」的句子。她對生命的感傷、對寶玉

穿越時空看漢字

癡是形聲字

戰國文字

小篆

的情，纏綿婉轉都由這些句子毫不掩飾的感慨而出，這正是黛玉心中一種長存永在的惆悵，也就是癡情之所以感人心靈最主要的原因了。

癡往往是一個悲劇。然而，癡情的人明知這是一個悲劇卻仍不逃避，也不隨意放棄這一原則。「嫁得瞿塘賈，朝朝誤妾期，早知潮有信，嫁與弄潮兒。」這是唐朝詩人李益筆下的癡情；「日日花前常病酒，不辭鏡裡朱顏瘦。」馮延巳在〈蝶戀花〉中抒發不惜自己逐漸消瘦，只牽繫於是否能從春景中尋找回憶？而王逢原的「子規夜半猶啼血，不信東風喚不回！」更藉著子規鳥的啼叫，將癡情發揮得淋漓盡致！

癡是個形聲字，在《說文解字》當中，它的本

漢字小常識

「癡」也寫成「痴」，是同音同義異字。所謂「花癡」本指愛花沉迷的人，後來意思有所轉變，指過度思戀異性導致精神有些失常，含有嘲笑意味；與「癡情種子」意涵不同，後者帶有讚美意味。我們說人多情，可用「癡情種子」。

意就是不聰慧或不機伶的意思。我們可這麼說：任何一種擇善固執的抉擇，明知那將是一齣悲劇，但也要轟轟烈烈去做。人生是一連串的盼，誰不想有一股希望出現？可是在盼望中，你若仍然選擇了原有方式，如其不可而爲的做去，你很傻！然而，這就是癡情。〈孔雀東南飛〉裡，劉蘭芝與焦仲卿的殉情是一種癡；屈原將自己的歸宿選擇了汨羅江，也是一種癡；而林覺民在〈與妻書〉當中，一再提及眞正不能忘記心愛的妻子，卻又無法將列強瓜分中國的悲憤置諸腦後，最後選擇了慷慨就義，又何嘗不是一種癡呢！

癡情，不是隨便可以付出的，也不是隨隨便便可以給人的，有人說：「至情祇可酬知己」，是說

歷史說漢字

古代的癡情男女陷入熱戀時，女子常贈送男方木瓜、木李、木桃，男子則回贈美玉，表示誓言與愛人永結同心。男女人分離時，送別的人會贈柳條給遠行的愛人，因爲「柳」與「留」同音，寓意心中的不捨。

我們只可對知己付出自己唯一的眞情，那麼，癡情呢？當然也只能對自己所肯定的人與事付出了。

白頭惟有赤心存─說心

「人心不同，各如其面」，每個人都有自己的心境與想法，而就成長的歷程言，每一成長的階段也會有不同的想法心態。因爲，我們畢竟只是個凡人，平凡的人，就會徘徊在凡俗世事不能自拔，心情也將隨痛苦徬徨起伏不已。也許在這世上只有兩種人最幸福，一種是眞知灼見，一種則是不知不覺，因爲，他們的心念往往可以接近單一不變，而平凡卻又自認爲聰明如許的我們卻無法做到這一點。

人的心，就好像一種「影子哲學」，一個人可以同時擁有好幾個影子，卻只能有一個定點：你可以浮現許許多多的念頭，但只能專注於一件事。畢竟，

漢字的智慧

- 人心不同，各如其面。
- 人的心，就好像一種「影子哲學」。一個人可以同時擁有好幾個影子，卻只能有一個定點：你可以浮現許許多多的念頭，但只能專注於一件事。

心只有方寸之大，若是不先靜定下來，又如何能由小見大，去開展一片清朗呢？因此，不論我們是用走馬觀花的心態瀏覽，抑或體貼入微的觀察，都必須以心接觸，才會產生烈響震懾，或是圓融平靜，湧現不同的心境情感。「傷心橋下春波綠，曾是驚鴻照影來」，這是橋下微漾的碧波，引動了陸游感舊傷懷的心緒；而「客心已百念，孤遊重千里」，則敘述任何一個異鄉作客的遊子，無法壓抑心中紛然交錯的滋味，千百種情緒雜沓而來，甚而負荷不了。

但是，不論是震懾也好，平靜也好，境界仍沒有達到一個超脫的程度，一個有心人所見到的種種世相，就已帶進了他的個人色彩，顯示了自己的性格，誰又能眞正做到莊周那種「心齋兩忘」的摒絕萬緣呢？然而換個角度，我們也不必過於苛求，畢竟在這世上的人，誰也不能離群索居，或無視於人間官場種種的升遷變化。即如莊子，他也已經落入言筌，不是徹底的道家人物，眞正有此境界的，是莊子之前那些已隱沒的哲人。

因此，陶淵明的「何不委心任去留」，表現的只是百無一用是書生那種逃避官場的心情，甚而說，是他努力尋求安頓自己的一個起點，之後他才眞正成爲了莊子思想的實踐者，被後代推崇爲清風孤介的代表人物。所以，要走入淵明這樣一個修養層次亦非易事，如果沒有相似的心態，絕不能達。就像寒山子的那句「君心若似我，還得到其中。」

詩詞品漢字

- 寒雨連江夜入吳，平明送客楚山孤。洛陽親友如相問，一片冰心在玉壺。
  ／唐朝・王昌齡／〈芙蓉樓送辛漸〉
- 多情卻似總無情，唯覺尊前笑不成。蠟燭有心還惜別，替人垂淚到天明。／唐朝・杜牧〈贈別〉

漢字與成語

- 心力交瘁：精神和身體都非常疲勞。
- 心如古井：形容心境極平靜，不受外界影響。
- 心如刀絞：比喻很悲傷痛苦。也說心如刀割。
- 心悅誠服：眞心誠意地服從佩服。
- 心細如髮：比喻心思很細密、謹慎。

的偈語告訴我們：超凡入聖，人人可得，但若是沒有徹徹底底滌盡俗塵，修道就只是一條永不能到達彼岸的痛苦之路，也就是無止無盡的苦海！

所以，心是超脫、抑或執著，全在能不能體悟。禪宗祖師在接引來學的時候，多由無形無相、雨棒雷喝中石火電光，頓時轉妄成眞。而無因緣開悟的人，任憑如何尋覓，也是索解不得。「心有靈犀一點通」只有在毫無凝滯的無意間突然閃現，如果硬要立意求諦，恐怕只會被人譏笑「千載繫驢橛」，而永無豁然貫通的日子了。

心是創造的源頭，一舉手、一投足，都代表著人心中的所思所想：「心動於內，則形變於外。」如要使自己成就一個完全的道德理想規範，修身養

穿越時空看漢字

心是象形字

甲骨文　金文　戰國文字　小篆

性的功夫不能不做；如要使自己與眾不同，獨具一種特別的風格，明心領會的悟力與心力亦須厚實。因爲，修身養性才能安頓心靈，做到了清心寡慾、寧靜致遠，就將有「心如止水」一般的境地，顯示至善至美的道德，而有領會的悟力與心力，方是馳騁縱橫、來去自如的基本條件，也才能夠「別出心裁」。可是，我們也不能不知，在競智多端的人世間，人們已逐漸失去了敦厚的心胸，「佛口蛇心」的人比比皆是，是否還有「赤子之心」，只有問自己的「心」了。

心是一個象形字。人與人交往，貴乎心心相印、推心置腹去眞誠交往，所謂：「二人同心，其利斷金」，只要同心同德，辦任何事都是極易成功

歷史說漢字

中國經典神怪小說《封神榜》裡的比干擁有「七竅玲瓏心」，他因爲殺了狐狸群妖，得罪了狐妖化身的妲己。她向紂王進讒言，說神明指示唯有用「七竅玲瓏心」做成藥引，才能治好自己的病。紂王便命手下剖開比干的胸膛，挖出「七竅玲瓏心」。

的。在紛冗的社會中，中國人對世俗採取了「水流心不競，雲在意俱遲」的澹泊心性，也一再用「一片冰心在玉壺」來顯示自己不逐名利的清雅情操。「只願君心似我心，定不負相思意。」說明彼此成爲生命中的伴侶，絕非偶然。而最是不令人陌生的，就是「安心」、「良心」，與「問心無愧」了，「平生不做虧心事，夜半敲門心不驚。」人性弱點，一望便知。當然，「學問之道無他，求其放心而已！」研究學問的訣竅，便在這句話當中，不須外求。

鏡泉流作萬重灘——說泉

「千古長如白練飛，一條界破青山色」，喜愛山水的人都知道，山中最使人感到清涼的就是山泉，不論在視覺上、聽覺上，就連內心之中，也是能夠感覺出它是澡雪一個人的營營世念的。

因爲，泉是流動的，有著氣韻生動的機趣，而就穩重的山來說，泉就是整幅畫面內一道突出的線條。潺潺的水聲，劃破了山中的寂靜，這好比氣勢與浪漫相結合，共同呈現一個充滿動感和活力的世界。如果，任何地方都必須是整體與細節相配，那麼和天地相比，山是細節；而與線條粗獷的山相搭配，就當是曲折的泉了。

泉有熱的，那就是溫泉。當水從地下冒出，迂迴潺湲

漢字的智慧

- 泉是流動的，有著氣韻生動的機趣。
- 山中的泉水是清澈的，而流出山之後，泉水就會逐漸渾濁，這好比人們踏入一個現實的社會，就漸次失去他的眞情。
- 受人滴水恩，必當湧泉報。

流在山溝裡面，飄忽在水上林間的水蒸氣，朦朦朧朧，白茫茫的雲光水霧，泛在灑下的陽光中，彌漫一種潑墨山水的空靈，這是泉在視覺上給人們帶來的感受。

而泉流動的聲音也能表現自然界的旋律感。「明月松間照，清泉石上流」，就這首王維的〈山居秋暝〉言，「明月松間照」是一種靜態孤寂的意境，月由這棵樹轉移到另一棵樹，然後月光由松葉之間篩灑下來，一派柔和光明；而順著山溝傾瀉下的清泉，也有悠悠不盡的潺潺之聲。於是，在一片自然風景的觀照裡，擺在我們面前的不再是寧靜而已，一旁的水聲，會是一首交響樂。如果我們將自然美景畫分爲動、靜兩種，那泉水無疑是靜中

詩詞品漢字

- 在山泉水清，出山泉水濁。侍婢賣珠回，牽蘿補茅屋。摘花不插鬢，採柏動盈掬。天寒翠袖薄，日暮倚修竹。／唐朝・杜甫〈佳人〉
- 飛流直下三千尺，疑是銀河落九天。／唐朝・李白〈望廬山瀑布〉

之動，尤其，當水匯集多了，就會形成波瀾壯觀的瀑布，詩人李白就以「飛流直下三千尺，疑是銀河落九天。」的句子來形容廬山瀑布，而任何一種山水，就如同柳宗元所說的：「夫美，不自美，因人而彰。」如果蘭亭不遇王羲之，赤壁不遇到東坡，而永州的山水若無柳宗元的話，就不會留傳後世，同樣，廬山的瀑布若是未遇到李白，也不可能以它的特殊風采，在文學中存下歷史定位。

泉往往也喚起了人的共鳴。「噴釁數十里，隱若白虹起。」看見萬丈飛泉喧騰奔瀉於懸崖峭壁之間，一個人或許會感到自然的偉大、神秘、不可思議與可敬可親，而由之心馳神往。陶淵明就在他〈歸去來辭〉裡，用見景生情的態度，將「木欣欣

漢字小常識

中國人對「泉」有特別的情懷，用不同的語詞賦予其豐沛的生命。「林泉」表示隱居在幽靜的地方，有山林和泉水相伴；詩人靈感一來，叫「文思泉湧」，能寫出精彩詩文；對人死後的地方叫「九泉」、「黃泉」，所以又引申出「黃泉路」。

以向榮，泉涓涓而始流」的現象湧現出來，一發「羨萬物之得時，感吾生之行休」的慨嘆！畢竟，青山不老，綠水長存，山林泉石會永遠給予人類無限的啓示，而人終竟汲汲營營，無可逃避的牢籠在世俗的糾結裡。雖然，朝朝暮暮山常變，然則自然本體長存；但暮暮朝朝人不同，人卻只是天地的過客而已！

「在山泉似鏡，流作萬重灘」，山中的泉水是清澈的，而流出山之後，泉水就會逐漸渾濁，這好比人們踏入一個現實的社會，就漸次失去他的純眞。可是，泉卻不能永遠藏在山裡不流出去，只出世而不入世！雖然在山裡看不見外面世界的污穢，可以像鏡子般的清澈，我們也能獨善其身，然而，

穿越時空看漢字

泉是象形字

甲骨文

戰國文字

小篆

我們怎能坐視眾生沉淪苦海，不予援救？一個知識份子，當面對昏晦政治與動亂時局的衝擊時，怎還能只對時事關心入耳，停留在臧否人物的程度上，而不油然興起「不在山爲泉，當成萬重灘」的志向呢？

泉是一個合體象形字，象徵從石中冒出的水。這種水是活水，所以懂得品茗的行家，「水必取自佳泉，茶必取上品」，沖泡出一壺壺的好茶；而釀酒品質的高低，也是與泉水有相當密切關係的。由於泉不會因天旱乾涸，故有「源泉滾滾」的說法，在荒旱時候，它依然由千山萬壑之間流向人世，以無私的心，給所到之處的萬物帶來生機，也啓示著若要經世致用，不當只是象牙塔中的雕像，而是一

漢字與成語

- 泉石膏肓：比喻喜愛山水風景已成癖好。
- 源泉萬斛：本義指泉水源源不竭，後形容文思順暢敏捷，像泉水般不斷的流出來。
- 風起泉湧：形容事物大量迅速的湧現。
- 寒泉之思：比喻兒女對母親的孝思、感念之情。

個投入人群的實踐者。

泉是蘊藏無限的，東坡嘗云其文「一如萬斛泉源，不擇地而出」，即示創作永不枯竭，且能繼續不斷的湧現。「文思泉湧」雖與才情有關，然而善自培養思路，也未嘗不是途徑。因爲，畢竟所有的題材皆是出自人間，只要深入問題和人生，就會接續著產生新觀念與體悟，一如源頭活水般的永不枯竭。

綺窗寒梅著花未——說窗

「門近寒谿窗近山，枕山流水日潺潺。」窗子在中國人的建築哲學裡，是項非常重要的搭配，中國人造房子，早就注意到門窗彼此配合的意義。劉熙《釋名》給了窗一個巧妙的詮釋：「窗，聰也。於內窺外爲聰明也。」於是，人即使不出門，也能知道、甚而讓情感遙接於窗外的世界，這是窗子的功用。

因此，當人在房中鬱悶無法宣洩的時候，可以臨窗眺望外面的世界，也能由吹進的涼風，寬慰緊繃的心靈，從而追尋新境界。而由房之必有窗，同樣的，人也是必須有窗子，在人身上，眼就是我們的窗子——所謂的「靈魂之窗」。房屋缺窗是一片黑暗，人若無清澈的靈魂之窗，心靈自然也無法接引光

漢字的智慧

- 房屋缺窗是一片黑暗，人若無清澈的靈魂之窗，心靈自然也無法接引光明。
- 若能夠推開心中的一扇窗，就會引起內心深處的感動，便不致與外界隔絕疏離，也不會造成晦澀與支離破碎。

明。於是在漆黑中，人的行事容易發生偏差，無法對事況保持距離；而光明的靈魂之窗，則能對外界光彩紛呈的現象，層層剝開，細細深入，有一番明朗的認知，這是人身上有形的窗子。

然則，僅是有形的一扇窗是不夠的，許多事往往並非以眼去看而是必須透過心靈的吸收、篩檢，能夠推開心中的一扇窗，就會引起內心深處的感動，不致與外界隔絕疏離，也不會造成晦澀與支離破碎。於是，外界的光亮穿透了心靈曲徑。那沉墜心底之處縱有萬般陰霾，也將隨著照入的光明煙消雲散，不再閉塞。

文學中的窗則不然，它往往是一個人家居靜坐、魂夢思念，或是不期然想起某段往事的媒介：

漢字與成語

- 同窗契友：一同讀書的好友。
- 剪燭西窗：本義爲唐朝詩人李商隱思念妻子所作的詩，後泛指夜間促膝長談。
- 雪窗螢凡：比喻勤奮苦讀。
- 打開天窗說亮話：比喻公開明白地把話講清楚。

「五六月中，北窗下臥，遇涼風暫至，自謂是羲皇上人。」這幅鄉居之圖，是在五、六月夏天氣候炎熱的時候，搬張涼椅躺在窗下，窗子大開，涼風吹拂，令人心醉神馳。一個懂得生活的人，就是懂得隨順自然、興之所之，不待刻意便能擺脫負擔，而飛躍於哲思之上。這種意境，可出現在任何一種狀況之中，於是，明清之際的吳梅村，便有「閒窗聽雨攤詩卷，獨樹看雲上嘯臺」的句子，而「閒坐小窗讀周易，每依南斗望京華」的集句，更能傳達人生超然解脫和執著現實的心路轉折，餘韻不絕。

其實，會選擇如何一種文句來表達自己，都是有脈絡可尋的，黃景仁會有「破窗蕉雨夜還驚，紙帳風來自有聲。墨到鄉書偏黯澹，燈於客思最分

歷史說漢字

中國自古以來的「窗」種類繁多，除了在歷史劇中常見的拉窗、推窗等木製窗外，另有用磚、石、陶、灰泥等製成的磚石窗，例如：以磚組成圖案的「磚組砌窗」、以灰泥雕塑成竹節紋的「竹節窗」、以紹興酒陶甕砌成的酒甕窗等等。

明。」的黯淡心境，是因為他雖廁身上層知識份子，卻因一生厄於貧病，家境困難，因此缺乏乾坤一擲的器度；辛棄疾獨宿博山王氏庵，以「屋上松風吹急雨，破紙窗間自語」描述眼前之景，則是因為他感傷時事，極端鬱積無寄無託；而崑曲《牡丹亭・學堂》中的塾師陳最良誦出「吟餘改抹前春句，飯後尋思午晌茶。蟻上案頭沿硯水，蜂穿窗眼咂瓶花。」最是看出一個窮酸文人為尋衣覓食，以禮教規範做為謀生工具的世態。

窗子的樣子也多。《漢武故事》曾記載當時所謂的「瑠璃窗」、「珊瑚窗」以及雲母做成的窗子；隋文帝時代曾經在宮殿裡製造所謂的「瀟灑綠綺窗」，金花裝飾，一窗即價值千金；他的兒子煬

詩詞品漢字

- 倚南窗以寄傲，審容膝之易安。園日涉以成趣，門雖設而常關。
  ／東晉・陶淵明〈歸去來辭〉
- 閒窗聽雨攤詩卷，獨樹看雲上嘯臺。桑落酒香盧橘美，釣船斜繫草堂開。／明朝・吳梅村〈梅村〉

帝則更奢侈，以金玉來雕刻製作，金碧輝煌，謂之「閃電窗」，其餘更有鳳眼窗、日月窗……等等名稱，可說得上是千奇百怪了。

而中國人對窗也是寓以深意的，李商隱的「西窗剪燭」表現的是一種相互默許，與一股不磨滅的執著；陶淵明的〈歸去來辭〉說「倚南窗以寄傲」，便透露詩人曠達不羈的風骨志氣；而那首最為人傳誦「君自故鄉來，應知故鄉事。來日綺窗前，寒梅著花未？」的王維作品，更看出了詩人追問家鄉的那種關切想念。

「十年生死兩茫茫，不思量，自難忘。千里孤墳，無處話淒涼。縱使相逢應不識；塵滿面，鬢如

穿越時空看漢字

窗是形聲字

小篆

霜。夜來幽夢忽還鄉。小軒窗，正梳妝。相顧無言，唯有淚千行。料得年年腸斷處：明月夜，短松岡。」

東坡《江城子》將悼念亡妻的感受，寫得如此哀惋動人，當時小窗梳妝的情景宛然在目，可是也深深的表現出那種難言的隱衷與痛苦，一扇小窗，對他的人生意義卻是極度深刻的。

窗是一個形聲字。「十載寒窗無人問，一舉成名天下知。」追求理想，寒窗苦讀的過程不能避免，但卻不能視其爲成功的定律。此外，我們也應格外珍視同窗之誼，能偶然相遇，也就是一份緣，《同窗記》當中梁山伯與祝英台的相誓相殉，給我們的啓示就是衝破人世的羈絆，尋求一個踐約的原則，而民間故事教忠孝、重情義的精神，在這一教化的層面上言，的確是能昇華道德與情操。

歷史說漢字

歷代文人在窗下聽雨、剪燭聊天、苦讀……，自有一番風情。據說宋朝宰相秦檜曾在東窗下和妻子策劃殺害岳飛，以十二道金牌逼迫他回朝，再以「莫須有」罪名關入大牢處死。「東窗事發」的陰謀讓浪漫的窗蒙上汙塵。

器宇軒昂在鬚眉──說鬚

「古人稱男子爲鬚眉。吾嘗問大人：鬚爲男子所獨，而眉則婦女皆有之，何以丈夫曰鬚眉耶？僉不能對。按《釋名》云：『黛，代也。滅眉毛去之，以此畫代其處也。』然後知古婦人皆滅去眉毛，故須畫眉，則雖有如無，而丈夫可專其稱矣。」（清、徐時棟《煙嶼樓箋記》）

古代人以爲男子之美，在於鬚眉之間。《史記・高祖紀》描寫劉邦「爲人隆準而龍顏、美鬚髯」。韓愈筆下的張巡，也是「長七尺餘，鬚髯如神」（見〈張中丞傳後序〉），近代于右老的長髯更是人人皆知。至於女人除了體態婉孌，則多半注意她的頭髮：比如陳鴻〈長恨歌傳〉及白居易的〈長恨

漢字小常識

鬚、髮都屬毛髮一類，但因長的位置不同名稱也有異，例如：眼睛上的毛叫眉；頭上的毛叫髮；下巴上的毛叫鬚；臉頰上的毛叫髯，泛稱鬍子；口上的毛叫髭。

歌〉，就描寫楊貴妃「鬢髮膩理」、「雲鬢花顏」；就算是極少描寫女性的詩聖杜工部，也都有「香霧雲鬟溼，清輝玉臂寒」的麗辭美句，可見古人鑑賞男女的眼光，各有不同。

鬚與髮都屬毛髮一類。「毛」這個字，指廣義（人和獸類）的毛髮。如《說文》的「毛」字寫作「[glyph]」，就指人的眉髮和一般獸毛。這些毛分成很多種：「眉」是目上毛，「髮」是頭上毛，「而」與「須」是頤下之毛，「髯」是臉頰上的須，「髭」則是口上的須。

換句話說，而、須（鬚）相同，與髯（髯）、頾（髭）雖同是鬍鬚，卻因生長位置不同而稱呼互異，其中[glyph]（而）字，《說文》：「須也、象

穿越時空看漢字

鬚是形聲字

甲骨文　　金文　　戰國文字　　小篆

形。」下面的「八」像嘴下的鬚。是一個獨體的象形文字。

至於須、髭、髯，則分屬會意、形聲。頁為頭，《說文》作，加上三撇，便成了（須、鬚），像毛，古人以三為多，因此須是嘴下的毛。（頿・髭）：「口上須也，从須，此聲。」口上的髭，通常還帶有幾分帥氣，因此《釋名》說：「髭姿也，為姿容之美也。」而「髯」則專指長的鬍鬚，傳說中的關公便有一副美髯。這個字，《說文》的篆字作，頰須也，从須冄，冄亦聲。（冄）本來就是毛冉冉，毛柔弱下垂的樣子，京劇裡的鬚生（老生）多半都有這樣的鬍子，稱為「髯口」，有黑、黲（即蒼）、白三個種

歷史說漢字

中國戲曲中因演員身分不同，所戴的「髯口」也不同，例如：關公有獨用的「關公髯」，是五綹的；姜子牙、郭子儀等高官則戴「滿髯」；春秋時代的伍員、薛仁貴則戴「三綹長髯」，屬文雅角色；像張飛這類粗魯的莽夫則戴「扎髯」；丑角則戴「八字髯」、「八字吊搭」或「丑三髯」。

類，代表年齡上的差異，而神怪用紅色，則愈能表現出戲劇效果。至於各式各樣的髯口，因演員身分而異，例如關公有獨用的「夫子髯」，是五綹的；姜子牙、李密、郭子儀、霸王，其人福厚，則戴「滿髯」，是一大片鬍鬚將口遮住；文雅角色，如伍員、鄧禹、薛仁貴，則戴三縷髯，也就是俗稱的「三綹長髯」，而粗魯莽夫，則戴「扎髯」，譬如張飛、焦贊就是這種鬍子；丑角則戴「八字髯」、「八字吊搭」，或式如三綹髯但鬚卻寥寥可數的「丑三髯」……眞是五花八門。

最後，値得一提的，便是鬍鬚二字早已成爲通稱，一般人也不太去細分其中的差異。留鬍子的人愈來愈少，而所謂的「鬍」字，在《說文》肉部中的「胡」本來是指牛頤至頸下垂的肥肉，現在取其意而另造新字，竟與髟部逐漸不分，出現鬚髭髯等字，由此也可見文字孳乳，由簡入繁，交相取則的現象了。

漢字與成語

- 不讓鬚眉：比喻女子有才幹，工作能力並不輸給男性。
- 白髮銀鬚：形容年華老去，髮鬚都已花白。
- 吹鬍子瞪眼：形容生氣的樣子。
- 溜鬚拍馬：比喻諂媚巴結他人。也說溜鬚指馬

眼如秋水鬢如雲——說髮

在中國文學中，有關頭髮的描寫極多，信手拈來，不難發現光是一個「髮」字，竟用了許多不同的辭句擴展美化了原本的概念，甚至表達了文學中可意會不可言傳的意趣、情感、韻致和心緒。比如李白「白髮三千丈」（〈秋浦歌〉）、孟浩然的「白髮催年老」（〈歲暮歸南山〉）、杜甫「白頭搔更短」（〈春望〉），同樣是以白髮爲喻，然而轉化、投射出的詩境和風格卻有所不同：一是極端地超越天地闔限的愁；一是時不我與的無奈；而最後一種則是思家之切「白頭零落不勝簪」的想念。或許，這是由於「髮」和人生關係最密切的緣故吧！

因此，和你一生關係最親密的伴侶，稱之爲「髮

詩詞品漢字

- 白髮三千丈，緣愁似箇長；不知明鏡裡，何處得秋霜？／唐朝・李白〈秋浦歌〉
- 北闕休上書，南山歸敝廬。不才明主棄，多病故人疎。白髮催年老，青陽逼歲除。永懷愁不寐，松月夜窗虛。／唐朝・孟浩然〈歲暮歸南山〉

妻」、幼年和你交往的摯友，稱之爲「總角之交」，這都是與頭髮有關。戲曲《琵琶記》中的趙五娘「不幸喪雙親，求人不可頻。聊將青鬢髮、斷送白頭人。」把頭髮剪了去賣，是因爲無錢埋葬公婆才出此下策，唱詞〈香羅帶〉：「剪髮傷情也，只怨著結髮的薄倖人。」聞之令人心酸，所以她唱道：「我當初早披剃入空門也，做個尼姑去，今日免艱辛。」崑曲《孽海記・思凡》中的小尼姑色空就是這種削髮爲尼的例子；然而《玉簪記・琴挑》中的陳妙常雖已出家，卻是帶髮修行，因比潘必正稱其「仙姑」，而妙常亦自稱「小道」，這是在修行中有所區別之處。

春秋時代，楚國的忠臣伍奢爲楚王所害，他

歷史說漢字

春秋時代忠臣伍奢被楚王殺死，他的兒子伍子胥急奔吳國逃難，途中經過陳國昭關時，發現楚王派了大批士兵把守，根本無法出關。心亂如麻之下，一夕之間鬚髮盡白，因容貌改變太大，士兵認不出來，他才順利逃了出去。

的兒子伍子胥投奔於吳，路經陳國昭關，由於重兵把守，盤問亦嚴，一連七日無法通過，子胥心亂如麻，一夕間，竟使鬚髮都急得發白了，結果，反而使他度過難關，終於報了殺父之仇。這是有關白髮的一則典故。

「人言頭上髮，總向愁中白。」其實，白髮只是一種生理外在的現象，人似乎不應只在意自己外在生理的變化，而當隨時保持愉快與不衰老的心情。唐人顧況「心事數莖白髮，生涯一片青山。」與放翁的「鏡裡容顏兩鬢殘，壯心自許尚如丹。」讀之皆使我們能有一股向上的意志，而重燃「老驥伏櫪，志在千里。」的雄心！

髮是形聲字，屬於「髟」部。《說文》髟部

穿越時空看漢字

髮是形聲字

金文

小篆

說：「長髮猋猋也，从長彡。」，「彡」就是毛，凡是屬這個部首的字，如：鬢、髾、鬈、鬟、髦、髭、鬚……諸字，皆與頭髮有關，且均為形聲字。「鬢」是生於面部兩邊的髮，也稱為「頰髮」；「鬗」是髮長之貌；「鬈」是髮好貌；「髾」是髮多……；而在這裡值得一提的，便是髮、髻、鬟、鬢這四個字經常為後世文學作品採用，如：華髮、白髮、黃髮、鬢髮、散髮、霜鬢、雲髻、風鬟霧鬢……甚至對髮加上了情感，例如：愁鬢（盧綸〈晚次鄂州〉），清愁如髮（辛棄疾〈滿江紅〉），一般而言，髻、鬟是女性所有的髮式，屬於獨用，也有人改用「雲」字來形容，如烏雲、香雲、髻雲、髻綰雲、亂如雲、墜釵雲……崑曲

歷史說漢字

從周朝開始，人們就懂得用假髮來裝扮自己。相傳魯哀公看見有個女子留了一頭烏溜溜的秀髮，便派人剪了下來，製成假髮送給皇后呂姜。漢朝時期，王公貴族下葬時會戴假髮，是一種身分地位的象徵。到了南北朝，民間百姓已普遍用假髮了。

〈遊園〉之中，還有「迤逗的『彩雲』偏」，簡直是把頭髮之美形容得淋漓盡致了。

當然，隨著時代的進步，傳統中饒富韻致的各種髮式已極不易得見，但在古典的吟詩詠詞之間，透過藝術眼光的陶冶，我們仍能由字識道，由道生慧，湛然領悟，雀躍三千！

宜春髻子恰憑闌——說髻

炷盡沉煙，拋殘繡線……笛聲漸歇。崑曲《牡丹亭》裡天眞的丫鬟春香伴著杜麗娘說道：「小姐，你側著宜春髻子恰憑闌。」《荊楚歲時記》敘述這「宜春髻子」的由來，說是相傳立春那天，婦女剪綵作燕子狀戴於髻上，上貼「宜春」二字。而這裡的丫頭春香，在戲曲舞台表演中，即梳有「丫頭髻」。

古代女子的裝飾多在髮上。《妝臺記》：「周文王於髻上加珠翠翹花，傅之鉛粉，其髻高，名曰『鳳髻』，又曰『雲髻』，步步而搖，故曰步搖。」《太平御覽》也記載：「中天竺國人，皆爲螺髻於頂，餘髮翦之使拳（卷）。」張籍的〈崑崙兒〉詩形容這種髮型：「金環欲落曾穿耳，螺髻長卷

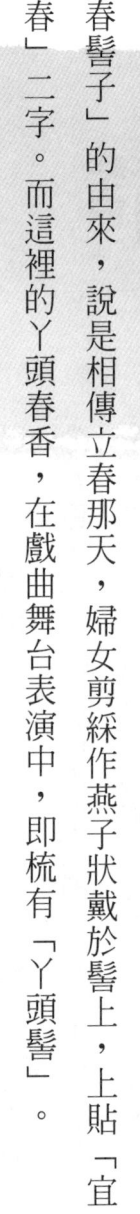

穿越時空看漢字

髻是形聲字

小篆

不裹頭。」顧名思義，螺髻是將髮梳起盤成螺殼之狀。其實，古代髮妝式樣極多，譬如堆鴉、墮馬、流雲、依霞、含露、倭墮、鳳（雲）髻、雨髻、雙髻、螺髻，不下數百種。寫眞時除眼睛外，以頭髮最難，一個畫家至少要學習如何梳髻之後，才能墨分五色，將髻的含蓄美準確而恰到好處地揣摩出來。據聞，擅長畫仕女的張大千先生因此還會梳八十多種的髮髻呢！

「髻」是個後起的形聲字。《說文》中本以「結」來替代，从系吉聲；《說文新附》云：「髻，總髮也，从髟吉聲。」兩個字事實上完全相同，由髮而髻，從一種線條之美凝聚爲另一種對稱、脫俗的型式之美，而與秀骨清相、飄動衣褶相

漢字小常識

古代的女子用石、竹、玉、骨、金、銀等製成簪和釵，盤出不同的髮髻造型，例如：丫髻、鳳髻、朝天髻、倭墮髻、飛天髻、靈蛇髻、盤龍髻……。不同材料做成的髻，象徵著不同的社會地位，普通人家的女子只能戴用頭髮編的髻，千金小姐和少奶奶則戴銀絲編的髻。

互輝映，不能不說是中華文化中多采多姿的一種表現了。

但髻亦分男女，如驪山發掘出來的秦代守陵衛隊俑，頭髮都挽成髮髻，束於頭部右上方，《史記・貨殖列傳》「魋結之民」，是屬於椎狀的髮髻，乃男人梳髻之證；而小孩自幼束髮，故有「總角」之稱。至於男二十弱冠，冠旁插簪、定冠於髻；女十五而笄，或以絲帶、五色絹（頭帤）來束髻，更是服儀定式。不梳髻的只有那些頭髮鬔鬙的蠻荒人士，比如閻立本《職貢圖卷》、李公鱗《萬國職貢圖卷》、趙孟頫《貢獒圖卷》中所繪的外邦使臣，都是不梳髻的。甚至還「父子男女相對踞蹲，以髡頭（剔髮）爲輕便。婦人至嫁時乃養髮，

歷史說漢字

據史料記載，秦朝規定男女都要盤髮髻，不可以剪短頭髮，唯有囚犯才會剃光頭。一般平民百姓把髮髻盤在頭頂，而高官貴族由於戴官帽，則把髮髻盤在腦後。我們從出土的秦俑可發現男子確實都盤著不同的髮髻。

分爲髻。」（《後漢書・烏桓傳》）。

男子的髻，通常還有一面紗巾包裹，古樂府《陌上桑》裡的「少年見羅敷，脫帽著帩頭」，就是指這頭巾。另外也有作帕巾、絡頭、幧頭等名稱，女子通常不戴，但是睡覺時，爲了使頭髮不散亂，卻有一種「臥髻」（《說文》作髮），把髮盤起來，以便第二天起身後梳理，否則，若有「隔江猶唱後庭花」中陳朝美女張麗華那樣的七尺長髮，理起來可夠瞧的了！

漢字
陪你聊心事

雨角冊[illegible]